익명 소설

익명 소설

Le service des manuscrits

앙투안 로랭 장편소설
김정은 옮김

소설 속 연쇄 살인이
현실이 되었다!

하빌리스

일러두기

1. 본문의 각주는 모두 옮긴이 주입니다.

2. 본문의 이탤릭체는 원서의 표기를 따른 것입니다.

차례

1부

Le service
des manuscrits

마르셀 프루스트는 무거운 눈꺼풀을 들어 올려 은근한 눈빛을 보냈다. 그녀가 여기 있는 이유를 다 안다는 듯 은근히 빈정대는 기색이었다. 비올렌은 그 유명한 《잃어버린 시간을 찾아서》를 쓴 작가의 얼굴에서 눈을 뗄 수 없었다. 거무스름한 눈자위, 한 치의 오차도 없이 반듯하게 정리된 콧수염, 흑단 같은 머리카락. 수달 모피가 달린 코트를 입은 프루스트는 침대 옆에 놓인 원목 의자에 앉아 있었다. 그는 상아와 은으로 된 둥근 지팡이 손잡이에 오른손을 얹고, 왼손으로는 코트에 붙은 모피를 가만히 쓸면서 안 그래도 윤기가 절로 흐르는 털을 더욱 반들거리게 했다. 비올렌은 베개 위에서 고개를 두리번거리며 정적이고 조용한 방문객들로 가득한, 자신이 누워 있는 방의 광경을 지켜보았다. 베이지색 터틀넥의 남자는 부스스하게 솟구친 머리며, 코 빼고 턱에만 기른 신기한 염소수염으로 보아 조르주 페렉이 틀림없었다. 검은 고양이 한 마리가 조그만 외발 탁자에 올라앉아 작가가 쓰다듬는 손길에 이리저리 몸을 비틀어 대다가 그를 향해 주둥이를 내밀었다. 둘은 텔레파시로 대화라도 하는 듯 서로를 응시하는 데 몰두해 있었다.

코듀로이 바지와 연한 데님 셔츠 차림의 미셸 우엘벡은 창문 앞에 서서 지평선 어딘가를 멀거니 바라보다가 느릿느릿 담배를 꺼냈다. 그러고는 빛이 비치는 가운데 파란 우윳빛 구름 같은 소용돌이 모양의 연기를 만들어 냈다. 목덜미까지 자란 삼실 같은 머리카락과 얇은 입술은 늙은 마녀를 연상시켰다.

비올렌은 '미셸!' 하고 부르려 했다. 그러나 입에서 소리가 나오지 않았다.

미처 인식하지 못했는데, 갈색 머리의 한 젊은 여자가 침대 발치에 앉아 비올렌에게 잘 들리지 않는 말을 중얼거리며 벽을 쳐다보고 있었다. 틀어 올린 머리, 기다란 흰 원피스, 조개껍데기에 새긴 카메오* 속 인물상 같은 모습은 다른 방문객들과 마찬가지로 이 방에 실재하는 버지니아 울프가 확실했다. 비올렌은 눈을 꼭 감았다가 떴다. 그들은 여전히 거기에 있었다. 비올렌이 다른 창문으로 고개를 돌리자 역광에 비친 파트릭 모디아노의 훤칠한 실루엣이 뚜렷이 드러났다. 그는 검은 원피스를 입은 금발의 젊은 여자와 심각한 대화를 나누는 것 같았다. 여자의 얼굴은 보이지 않았다. 모디아노는 상대방과 눈높이를 맞추기 위해 몸을 굽혔다. 여자가 고개를 끄덕였다.

---

* 천연 보석이나 조개껍데기에 인물을 양각으로 조각한 것이다. 고대부터 제작하기 시작해 현재까지도 펜던트 등의 장신구로 사용한다.

비올렌은 '파트릭……'이라고 중얼거리려 했다. 하지만 이번에도 입술을 열고 나오는 말은 없었다. 그런데도 모디아노는 비올렌 쪽으로 천천히 몸을 돌리고는 걱정스러운 눈으로 그녀를 유심히 살폈다. 그는 미소를 띨 듯 말 듯 한 얼굴로 검지를 세워 입술에 댔다.

"눈을 떴어요……. 그녀가 돌아왔어요." 어떤 여자의 목소리가 들렸다.

"플라비에 교수님 좀 불러와요. 괜찮아요. 당신은 혼자가 아니에요." 같은 목소리가 이어서 말했다. 비올렌은 그렇다고, 혼자가 아니라고 대답하고 싶었다. 마르셀 프루스트, 미셸 우엘벡, 조르주 페렉, 버지니아 울프, 파트릭 모디아노*가 그녀와 함께였기 때문이다.

———— * 마르셀 프루스트와 버지니아 울프를 제외한 미셸 우엘벡, 조르주 페렉, 파트릭 모디아노는 현존하는 프랑스 현대 소설가들이다.

최근 몇 년간의 설문 조사에 따르면 자신이 집필한 책의 출간을 꿈꾸는 프랑스인이 2백만 명이라고 한다. 이 중 대부분은 영영 집필하지도 않을 책을 내고 싶어 한다. 휴가철마다 품는 생각과 크게 다르지 않은 그 계획은 평생 머릿속에만 머무를 것이다. 어스름이 깔린 집에서 책상에 앉아 컴퓨터의 모니터가 뿜어내는 빛에 의지해 전날 쓴 원고를 이어 가기보다, 수영장 물속에 들어가 있거나 바비큐 온도를 점검할 생각뿐이라면 말이다. 이런 사람들은 '머릿속'에다 써 놓은 책에 대해 수시로 떠들고 다닌다. 처음에 주변인들은 이들의 생각을 대단한 것으로 여긴다. 그러다 몇 년이 지나도록 이렇다 할 결과물이 나오지 않으면 이 미래의 작가가 "올여름부터 다시 글쓰기를 시작할 거야."라며 한껏 결연한 표정으로 집필 중인 책 이야기를 꺼낼 때마다 자기들끼리 알 만하다는 눈빛을 주고받는다. 실제로 나오는 건 없으며 다음 여름에도 딱히 다르지 않을 탓이다. 겨울에는 말할 것도 없고. 이렇게 생겨난 이른바 책 유령들은 가스로 된 물질 같은 것을 형성해 마치 오존층이 지구를 감싸듯 문학을 둘러싼다.

원고 세 페이지 이상 진도를 나가지 못하고 목차조차 쓸 수 없는 이들은 간단히 말해 해를 끼칠 일이 없다. 이들 중 누구도 우체국에 가서 투고를 보내는 데까지 이르지 못할 것이므로. 또 다른 부류의 작가 지망생들은 진심으로 시작을 결심하는 이들이다. 인생에서 3개월이나 5년, 아니면 다른 무엇을 할애하더라도 그들은 글자가 빼곡히 들어찬 하얀 종이를 스프링 제본한 사각형의 결과물을 눈으로 보고 또 양손에 쥐고 싶어 한다. 25포인트, '타임스 뉴 로만체' 제목, 자신의 이름, 소설이라는 짧은 단어가 적힌 표지와 함께. 그리고 이것이 그들의 원고다. 마침내 프린터에서 나온 원고 사본은 표지부터 마지막 문장에 이르기까지, 잠 못 이루던 밤과 꼭두새벽의 기상, 지하철이나 공항에서 황급히 쓴 메모, 샤워를 하다가 혹은 비즈니스 오찬 중에 말벌 떼의 공격 세례와도 같이 급작스럽게 떠오른 아이디어의 결실이다. 이 습격을 물리치려면 가능한 한 빨리 적는 수밖에 없다. 빨간 몰스킨 수첩이나 스마트폰의 '메모 앱'에 대충이라도 기록을 남겨서. 아마도 이 아이디어들이 소설을 결정지을 터다. 아닐 수도 있고.

'끝'이라고 적는 데까지 도달했으나 딱히 출판사에 연줄이 없는 이들에게는 우편 발송의 날이 온다. 어느 아침 또는 저녁에 전문 복사집에서 원고 사본을 열 부 내지는 스무 부 주문하고, 제목이 있는 첫 장에는 투명 커버를, 맨 뒷장에는 검정색이나 흰색 판지를 댄다. 제본을 철하는 플라스틱 스프링도 검정색이나 흰색이다. 색은 두 가지밖에 없다. 죽은 새끼 당나귀 무게 정도가 나갈 법한 비닐봉지를 가지고 집에 돌아오면, 이제 사본마다 '자기소개서'를 끼워 넣을 시간이다. 이 자기소개서는 왕자님, 남작님이란 단어만 없을 뿐 일단 원고를 읽을 사람의 관심부터 끌고 보자는 궁정 서한 같은 것이다.

비올렌은 아주 기본적이고 담백한 스타일의 자기소개서를 선호했다. 반면에 황당하게도 자기 작품을 제임스 조이스, 모리스 G. 당텍, 한술 더 떠 짐 해리슨, 어니스트 헤밍웨이의 반열에 끼워 넣으려는 딱한 이들의 것도 있었다. 아니면 그런 대문호들을 제쳐 두고 현실 세계에서 영향력이 있는 친척이나 친구를—일종의 위장된 협박처럼—언급하는 나약한 부류도 있었다. 말하자면 사신의 원고를 거절할 시 권력자인 아무개가 단박에 들고일어날 수도 있단다. 비올렌은 괴상하고 우습고 비장한 자기소개서들을 파일 하나에 따로 모아서 원고 검토부 자료실에 보관했다. 파일명은 '벌레들'로, 누가 보면 딱정벌레에 대한 문서철인가 하고 생각할 수도 있을 것이다. 그러나 비올렌을 아는 사람이라면 일상 언어에서는 그저 한없이 평범하기만 한 '벌레'라는 단어가 비올렌이 입에 올리는 최상급 욕임을 알 수 있었다.

보통은 이런 식이었다. "오늘 아침에 또 다른 벌레가 나한테

메일을 보냈어……." 때로는 당사자 앞에서 똑똑히 내뱉을 때도 있었다. "당신, 누구랑 이야기하고 있는 줄 알아? 벌레 같으니……." 누구나 매력적으로 생각할 초록색 눈동자며 어깨까지 내려오는 불그스름한 밤색 머리칼을 지닌 우아한 40대 여성의 세련되고 친절한 일상 대화 곳곳에는 이런 말들도 포함되어 있었다.

편집자이자 원고 검토부의 책임자인 비올렌 르파주에게 '벌레' 취급을 당하면 가장 열등한 생물 종으로 전락했다. 이렇게 되느니 차라리 돌이 되는 편이 낫겠다고 여길 만큼 작가, 기자, 편집자, 사진작가, 영화 제작자, 에이전트 들은 지독하게 벌레 취급을 당했다. 한번 벌레로 찍힌 사람은 평생 벌레로 남으며, 이런 변태를 되돌릴 해독제는 어디에도 없었다. 어떤 식으로든 회귀란 불가능하다는 말이다. 벌레라는 지위가 영원무궁토록 부여되었노라. 이는 20년도 더 전부터 본인의 영역인 원고 검토부에 군림하며 원고를 보는 검토자에서 시작해 차근차근 권력의 계단을 밟아 올라온 비올렌만의 방식이었다.

집필을 마치지 못한 작가는 벌레도 아니고, 심지어 그냥 남자나 여자조차 되지 못한다. 나이도 직업도 얼굴도 없고 자기 '원고' 표지 위쪽에 적힌 성과 이름만 가졌을 뿐이다. 게다가 이마저도 본인의 것이 아닐 수 있다. 당신의 이름을 다미앙 페롱이라고 하든 나탈리 르포르라고 하든 레이아 알라우이 또는 마르크 다 실

15

바라고 하든, 1996년생이든 1965년생이든, 맥줏집 종업원이든 악사*의 고위 간부든, 10대째 오베르뉴에 사는 토박이이든 2년 전 이민을 왔든 별로 중요하지 않다. 중요한 건 글, 즉 작가가 오늘같이 우중충한 이른 아침이나 저녁 무렵에 동네 우체국에서 발송할 예정인 글이다. 오래전부터 등기 우편과 행정 서류를 보내러 들리곤 하던 우체국이지만 이날은 특별한 기운이 감돈다. 원고를 보내는 예비 작가는 다른 날보다 더 예민해서 다른 사람이 어깨 너머로 이 묵직한 크라프트지 봉투에 적힌 출판사들의 이름과 '원고 검토부 담당자 귀하'라는, 무능함을 고백하는 것 같은 단어들을 보지 않았으면 싶다. 원고를 우편으로 보내는 이들은 인맥이 충분히 넓지 않아서 원고 좀 한번 읽어 달라고 부탁할 만한 다른 방도가 없다. 저울이 해당 '우편물'에 맞는 규격상의 무게 및 배송지에 따른 가격을 표시하면 그다음으로 '소포 개수' 버튼을 누른다. 그러고 나서 그 개수만큼의 출판사에 작가의 간이자 쓸개, 작가의 자식, 작가가 보낸 밤의 기쁨과 아침의 현기증, 그러니까 작가의 작품을 발송한다.

마침내 양손으로 들어야 할 정도의 거대한 봉투 더미가 만들어지면 우체국 밖으로 옮겨서 우편함의 좁고 긴 구멍으로 하나하나 밀어 넣는다. 보통 도착지는 '파리'다. 원고를 평가하는 편집

---

* 프랑스 파리에 본사를 둔 다국적 보험 회사.

자들은 두세 명을 제외하고는 죄다 파리에 적(籍)을 두고 있다. 컴컴한 우편물 집합소 바닥으로 낙하하는 둔탁한 소리에 갑자기 자신이 쓴 소설을 쓰레기통에 던져 버리고 싶은 불편한 감정이 생길 수도 있다. 누가 재미있게 읽겠어? 누가 회신이나 주겠어? 그래서 어둠이 깔릴 때를 틈타 숲에 시체를 유기하듯 서둘러 우편함에 넣어 버린다.

집에 돌아와서는 와인이나 위스키를 한 잔 가득 따라 마신다. 울고 싶은 심정이지만 실제로 울지는 않는다. 또한 우체국에서의 괴로운 순간을 가까운 이들에게조차 공유하지 않는다. 사람들에게 심판받고 무엇보다 스스로에게 심판받는 게 두려워 그 누구에게도 털어놓지 못하는 범죄 행위라도 되는 양, 작가는 투고 사실에 대해 절대 발설하지 않는다.

"원고는 보냈어?" 원고를 보낸 날 저녁에 누군가가 물어볼 수도 있다.

"응." 예비 작가는 짧게 대답하고 얼른 화제를 돌린다.

"성함이 어떻게 되시죠?"

"비올렌…… 르파주요."

"무슨 일을 하세요?"

"편집자예요. 다들 어디 갔죠?"

"누구요?"

"……. 여기가 어디예요?"

"파리에 있는 병원이에요. 괜찮아질 거예요. 쉬세요. 다시 올
게요."

비올렌은 다시 눈을 감았다.

"난 숨은 천재가 있다고 믿지 않아." 이 말을 만트라* 주문처럼 중얼거리며, 비올렌은 아침마다 출판사 기준으로 하루에 열에서 열다섯 개씩 들어와 책상 위 여기저기에 놓이는 묵직한 봉투들을 향해 초록색 눈동자를 움직였다가, 책장에 칸칸이 쌓여 대기 중인 원고를 훑어보았다. 원고마다 인생이, 그리고 소망이 하나씩 들어 있다. 원고들이 선반에서 하루하루를 보낼 때마다 작가들의 근심도 하루씩 더 늘어 간다. 아침만 되면 그들은 우편함에 답장이 있지는 않을까, 메일이나 전화를 받지는 않을까 기대한다. 문학이 자신의 재능을 너무 오랫동안 외면해 왔으니 가능한 한 빨리 만회해야 할 거라고 으름장을 놓는 상상을 하면서.

모든 출판사를 통틀어 한 해 동안 쏟아지는 거절 원고는 자그마치 50만 편에 이른다. 이 이야기들은 어떻게 되는 걸까? 등장

---
* 힌두교와 불교 등에서 명상, 의식, 영성 수련 등을 진행할 때 외우는 산스크리트어 주문.

인물들은? 아마도 대중은 말할 것도 없고 원고 검토부의 독서 전문가들로부터도 빠른 시일 내에 잊혀질 것이다. 이 원고들을 쓰임을 다해 무한한 우주를 배회하는, 우주 항공 기지마저 교신을 포기한 인공위성이라고 가정한다면 이들을 기다리고 있는 건 소멸뿐이다. 작가 네 명 중 세 명은 자신의 소중한 원고를 되찾고 싶어 한다. 원고를 돌려받기 위해 우편 요금 명목으로 소정의 금액을 지불할 수도 있고, 직접 출판사에 가서 찾아올 수도 있다. 후자를 택하는 사람은 거의 없다. 예비 작가들이 꿈꾸는 환상은 대충 이런 식이다. 출판사의 문을 밀고 들어간다. 따뜻한 환대와 호기심 어린 관심을 받으며 널찍한 안락의자에 자리를 잡는다. 커피 한잔하시겠느냐는 말에 "네." 하고 답한다. 자신의 신변에 대해서는 조금만 언급하고 책 이야기로 넘어가 긴 대화를 나눈다. 최종적으로 고급 만년필을 빼 들어 생애 첫 출판 계약서에 사인한다. 이 계약서가 새로운 인생의 서막을 알리는 신호탄이 되리라는 일견 타당한 생각을 하면서. 그러니 출판사의 출입문을 열고 들어가 안내 데스크에 탈락한 원고를 가져다 달라고 요청하는 일, 심지어 한 여자 인턴이 원고를 찾아와서 사무적인 미소를 날리며 "좋은 하루 보내세요."라는 한마디와 함께 원고를 돌려주는 일은, 그들의 멘털이 견딜 수 있는 수준을 넘어서는 것이리라.

"편집자님, 이런 멋진 원고가 편집자님과 출판사의 관심을 끌어내지 못하다니 참담합니다. 대체 나라 꼴이 어떻게 돼 가는 건지. 한 나라의 문학계 풍토라는 게 한숨만 나오는 수준이라는 걸 여실히 보여 주는 행태가 아닌가 싶군요. 하기야 저도 국내 소설을 읽지 않은 지 오래입니다만⋯⋯."

"⋯⋯정직하게 글 쓴 사람은 탈락시키고 아는 사람 글을 출판해 주니까 재미 좋으신가. 편집자=쓰레기. 국민의 적 같으니!"

"반송 우편으로 제 원고를 받았습니다. 357쪽에 머리카락 한 올을 놓아뒀는데 그대로 있더군요. 제 글을 읽지 않았다는 명백한 증거겠죠. 출판사들이 투고에 눈길조차 주지 않는다는 사실을 이미 다 알고 있었지만."

발신자 미상 : "원고 검토부 보시오. 엿이나 먹어라!"

"삶을 끝내기로 했어요. 원고 출간만이 내 목숨 줄을 붙들어 주고 있었거든요."

"내 장관 친구에게 연락하겠소. 이 몸이 '아무나'가 아니란 걸 결국은 알게 될 거요."

"⋯⋯친구들이랑 가족들 모두 제 책이 굉장하대요! 당신 때문에 독자들은 멋진 이야기를 읽을 기회를 빼앗기고 출판사는 보장

된 성공을 차 버리는 거라고요."

이런 생동감 넘치는 편지가 드문 것이기는 했다. 이 편지들은 '벌레들' 서류철 안에 별도로 둔 파일로 분류되었다. 제목은 '가끔 대꾸도 함!'이었다.

원고 검토부는 새로운 저자를 발굴해서 작품을 출간하기 위해 존재한다. 이 목표는 1년에 두세 번가량 달성된다. 이 두세 번은 익명 작가의 글을 읽느라 보낸 시간, 수천 번 뜯어 본 봉투, 수백 번 작성한 원고 검토서, 전국 방방곡곡으로, 때로는 세계 곳곳으로 보낸 동일한 양식의 편지 수천 통이 정당한 노력이었음을 증명한다. "귀하의 원고는 충분한 자질을 갖추었으나 본사에서 출간되는 총서의 성격과 맞지 않아 유감스럽게도 채택되지 않았음을 알려 드립니다." 그렇다. 1년에 두세 번, 원고 검토부는 흥분으로 끓어오른다. 대개는 "뭔가 건진 것 같아."라고 간신히 중얼거리는 소리가 첫 신호다.

6개월 전 카미유 데장크르의《설탕 꽃들》에게 이러한 일이 일어났다. 원고 검토부에 정성스럽게 배달된, 앞표지는 투명한 보호 커버로, 뒤표지는 판지로 제본된 170쪽짜리 원고였다. 가장 나이가 어린 원고 검토자인 마리가 원고를 열기 전에 아주 간결한 자기소개서를 훑어보았다. "안녕하세요. 제 이름은 카미유 데장크르입니다. 제 글을 재미있게 읽어 주시면 좋겠습니다. 안녕히 계

세요. CD." 27쪽에 이르러 마리는 그 유명한 '뭔가 건진 것 같아'
를 내뱉었다. 스테판과 뮈리엘이 고개를 들었다. 1시간 반 후 마
리는 《설탕 꽃들》을 완독했다.

"그래서……?" 스테판이 물었다.

마리가 미소를 지으며 볼펜을 빼 앞표지에 해를 그렸다. "아주
쨍쨍해요." 마리가 대답했다.

원고 검토부에는 세 가지 평가 표시가 있었다.

네모 : 탈락.

초승달 : 재미없는 건 아니나 재작업이 필요하거나 작가의 다
른 글을 받아 볼 만함. 잠재적 작가임을 고려해 성의껏 읽도록.

해 : 출판이 시급함.

모래로 된 강 같은 원고 검토부 사무실에서 천연 금괴를 발견했을 때의 일반 절차는, 책장으로 뒤덮인 아홉 평 남짓한 공간에 놓인 네 개의 책상 하나에서 일어나 10미터를 이동해 비올렌의 방문을 똑똑 두드리는 것이다.《설탕 꽃들》을 발견했을 당시 비올렌은 런던 출장 중이었다.

"비올렌 팀장님, 안녕하세요. 마리예요. 아무래도 투고 중에서 해를 찾은 것 같아서요. 나흘 후에 돌아오시는 일정이니 어떻게 진행하면 좋을지 말씀해 주세요."

몇 시간 동안 문자에 답이 없다가 메시지 하나가 도착했다. "잘 됐네요, 마리. 당신의 감을 믿을게요. 그런데 내가 지금 원고를 읽을 만한 여건이 안 되니까 베아트리스 씨에게 최대한 빨리 갖다줘요. 계속 연락하고요."

"알겠습니다. 베아트리스 씨께 넘겨 드릴게요."

베아트리스는 원고 검토부에서 이른바 제4의 검토자였다. 75세로 가장 연장자이며, 그녀의 나이와 현대 문학에 대한 식견은 비올렌에게 귀중한 성공 열쇠였다. 4년 전 베아트리스 역시 우편을 통해 원고 검토부까지 한 차례 도달한 적이 있었다. 다만 봉투에는 무거운 종이 묶음이 아니라 아주 우아하고 감동적인 짧은 편지가 들어 있었다. 자신이 일주일에 평균 네 권의 책을 읽고 있으며 그 책들의 검토서를 작성하는 일을 즐겨 한다는 내용이었다. 혹시 출판사에 원고 검토자가 필요하다면, 그래서 오래전부터 일과 시간이 여유로웠던 자신이 도움이 될 수 있다면 큰 기쁨이 될 거라고 했다. 뿐만 아니라 출판사에서 도보로 5분 거리에 살고 있다고도 했다. 비올렌은 그녀에게 연락을 취해 점심때가 지나고 나서 집으로 방문하겠다고 전했다. "건물 호출 번호와 층수 좀 알려 주세요." 비올렌이 베아트리스에게 말했다. "호출할 번호는 따로 없어요. 그냥 벨을 누르시면 돼요."

비올렌이 명패 없이 달랑 하나뿐인 인터폰 버튼을 누르고 도착을 알리자 육중한 문이 열리며 저택의 첫 번째 방이 곧바로 나타났다. 바닥에는 페르시아산 카펫 여러 장과 루이 15세식 안락의자들이 있었고, 벽에는—모조품이 아니라면—카날레토*의 작품이 분명해 보이는 그림이 걸려 있었다. 하지만 비올렌은 그림

---

* 베니스 풍경화로 유명한 이탈리아 베니스 출신 화가.

이 가짜일 수 있다는 의심을 풀지 않았다. "올라오세요, 르파주 편집자님. 저는 2층에 있어요!" 길거리에서 고급스러운 실내로 이동하는 흐름이 너무나 급격해서 비올렌은 약간 당황했다. 대기실 격인 방을 지나자 오래된 토메트 타일*이 깔린 방이 나왔다. 그 방은 햇빛이 비치는 넓은 정원으로 이어져 있었고, 정원 끝에는 꽃으로 뒤덮인 정자와 벤치형 그네 의자가 보였다. 비올렌은 원고 검토부에서 5분도 채 걸리지 않는 거리에 이토록 비현실적인 장소가 존재할 수 있다는 사실을 전혀 예상하지 못했다. 널찍한 목재 계단을 올라 거대한 응접실에 도착했다. 캐시미어 휘장이 둘러진 그곳에는 금도금한 청동이나 유리로 만든 세련된 장식품들로 꾸며진 여러 개의 서랍장과 조그만 외발 탁자들이 있었다. 짧은 백발의 한 부인이 까만 안경을 쓰고 소파에 앉아 있었다. 그녀의 곁에 버뮤다팬츠에 티셔츠를 입은 젊은 남자 하나가 서 있었다. 그는 놀라우리만치 근육질이었고 머리를 포니테일로 묶고 있었다. "가까이 오실래요……? 미안하지만 일어나지 않을게요. 통증 때문에 걸을 수가 없어서. 이렇게 직접 와 주셔서 감사합니다." 베아트리스가 말했다. 비올렌은 베아트리스의 손에 얹어진 주사위만 한 다이아몬드와 루비를 흘끔거리며 악수를 나눈 다음 안락의자에 앉았다. "마르크, 제 충실한 도우미 마르크예요." 베아트리스는 예의 바른 미소를 짓는 청년을 가리키며 말했다.

---
* 육각형의 붉은색 점토로 된 바닥 타일.

비올렌은 커피를, 베아트리스는 유리잔에 담긴 오렌지주스를 마셨다. 베아트리스는 최근 읽은 책들과 이전에 읽은 작품들에 대해 이야기했다. 그녀는 미셸 우엘벡이 쓴 《투쟁 영역의 확장》이 출간된 1994년에 그 책을 읽었던 일을 생생히 기억했고, 책을 읽자마자 단박에 그 젊은이의 성공을 직감했다고 말했다. 마르크는 비올렌에게 여러 신간 소설에 대한 검토서 몇 장을 내밀었다. 베아트리스는 글을 종합하는 감각이 단연 뛰어났고 단점을 찾는 만큼 장점을 끌어낼 줄도 알았다. "저희 원고를 읽어 봐 주시는 데 반대할 이유가 전혀 없는 것 같네요. 저희와 함께 일하는 게 괜찮으시다면 오늘처럼 이런 식으로 뵙는 게 어떨까요? 보수도 드려야 하고요."

"당치 않아요." 베아트리스가 어깨를 으쓱하며 말했다.

"아뇨. 그래야 해요." 비올렌이 고집했다.

"이 거리 전체가 다 내 거예요……." 베아트리스가 한숨 섞인 목소리로 말했다.

"네?"

"몇 세기에 걸쳐 선조들의 유산을 지켜 낸 파리의 오랜 가문 몇몇이 아직 남아 있거든요. 거리 규모가 그리 크진 않지만요."

"그러니까, 이 거리에 있는 모든 건물이 선생님의 소유라는 말씀이세요?"

"네. 모든 주민이 내 세입자예요. 덕분에 난 일을 할 필요가 없었고 그 시간에 수천 권의 책을 읽을 수 있었어요."

"일단 비밀 유지 조항에 서명부터 해 주세요. 간단한 서류예요. 미리 접하는 원고의 내용을 누설하지 않겠다는 일종의 서약서라고 생각하시면 돼요." 비올렌은 자신이 언급한 서류를 가방에서 꺼내 베아트리스에게 내밀었다. 그 순간 마르크가 종이를 부드럽게 낚아채 낮은 탁자에 놓고 대신 서명을 했다.

"죄송하지만 서명은 당신이 하는 게 아니고, 선생님이……."

"마르크는 내 서명을 대신할 권한이 있어요. 아, 모르시는군요. 매력적이기도 하지. 내게 큰 즐거움을 주셨네요, 르파주 편집자님."

"제가 뭘 모른다는 말씀이시죠?"

"난 앞이 보이지 않아요." 베아트리스가 말했다.

긴 침묵이 흘렀다.

"그럼…… 책은 어떻게 읽으세요?"

"마르크요. 마르크가 읽어 줘요. 그전에는 파트릭이 10년 남짓 읽어 줬고, 파트릭 전에는 파브리스가……. 여담이지만 난 책을 낭독해 줄 사람으로 남자만 고용해요."

비올렌이 떠나기 전에 베아트리스는 한 가지 양해를 구했다. 마르크가 인터넷에서 찾은 비올렌의 사진들을 보며 설명해 주긴 했지만 자기가 직접 얼굴을 한번 만져 보아도 되겠느냐는 것이었다. 비올렌은 다가서서 눈을 감고 베아트리스의 따뜻하고 건조한 두 손이 볼, 이마, 광대뼈 위를 부드럽게 움직일 수 있도록 내맡겼다. "당신은 정말 아름답군요." 베아트리스가 작게 속삭였다. "그리고 겔랑의 임페리얼 오 드 코롱을 뿌렸고요." "맞아요." 비올렌은 베아트리스의 추측을 확인해 주며, 뜻밖의 비밀스러운 만남이 가득한 면에 있어서는 자신의 직업만 한 것도 없으리라고 생각했다.

"문제는 다리입니다. 재활하는 데 오랜 시간이 걸릴 거예요. 그리고 말씀드렸듯이 100퍼센트 회복 가능성을 장담하기 힘든 상황입니다. 평생 지팡이에 의지하고 다녀야 할 수도 있습니다."

"지금 다리가 문제가 아니라고요!" 비올렌이 병상 위에서 버럭 하며, 펼친 채로 쥐고 있던 르 몽드 데 리브르*의 한 면을 손등으로 탁 쳤다. 그 바람에 링거가 빠질 뻔했다. "카미유 데장크르가 공쿠르상** 후보에 오르기 직전까지 왔는데…… 다 날리게 생겼네! 저자는 대체 어디 있답니까? 어떻게 할 거예요?" 비올렌은 침대 앞에 서 있는 스테판, 뮈리엘, 마리를 향해 탄식하며 말했다. 아무 말도 못하고 서로만 바라보던 세 사람의 시선이 비올렌의 남편 에두아르에게 가 머물렀다. "당신, 자그마치 29일이나 병원

---

* 프랑스 일간지 〈르 몽드〉에서 서적 관련 전문 기사를 싣는 부록 페이지.

** 프랑스에서 가장 권위 있는 문학상. 열 명의 심사 위원으로 구성된 아카데미 공쿠르가 매년 11월 초에 수상작을 발표한다.

에 있었고 그중 18일은 혼수상태였어. 몸 생각부터 해야지." 지친 기색이 역력한 에두아르가 조심스럽게 입을 열었다.

"남편분 말이 맞습니다." 여생을 다리를 절며 살아야 할지도 모른다는데 문학상 후보 지명에 더 신경이 쏠려 있는 이 이상한 환자로 인해 적잖이 당황한 의사가 맞장구를 쳤다.

"메일을 다시 보냈는데요." 마리가 겁을 잔뜩 집어먹은 눈을 하고 비올렌을 흘끔 보며 기어들어 가는 목소리로 말했다.

"그랬더니?"

"묵묵부답이에요……. 다른 분들처럼 회신이 없어요."

"죽었을지도 몰라……." 스테판이 과감하게 던졌다.

"작가라면 자기가 쓴 첫 책의 출간을 앞두고 죽을 리 없어요. 그런 사람은 스티그 라르손뿐이에요." 비올렌이 맞받아쳤다.《밀 레니엄》의 작가 스티그 라르손은 후에 세계적인 베스트셀러가 되고 두 차례나 영화화되는 그 책의 1권이 출간되기 몇 달 전 심장 마비로 갑작스럽게 사망했다. 책 표지도 미처 보지 못한 채였다.

"그가 죽었으면, 아니 그녀라 해야 하나. '카미유'라는 이름만 알지 우리가 남자랑 일하는지, 여자랑 일하는지조차 모르네요. 사람이 죽었으면 최소한 묘지든 가족사진이나 휴가 때 찍은 사진이든, 아니면 자서전 비슷한 거라도 남을 텐데, 지금은 아무것도 없잖아요! 아무것도!"

"피보* 씨가 우리가 뭘 숨긴다고 생각하는 모양이야." 스테판이 비올렌의 말을 받았다. "파스칼 사장에게 새로운 에밀 아자르**는 원치 않는다고 경고하더라니까."

"피보 씨도 참, 농담도 잘하시네. 최소한 누군지는 알게 되겠죠······." 뮈리엘이 말했다.

"좋습니다. 여러분은 문학 대담을 이어 가시고, 저는 이만 가겠습니다." 의사가 냉담한 목소리로 끼어들었다. "말씀드린 대로 내일 정오에 퇴원하세요. 그때까지 병실에서 편집 위원회는 금지입니다. 병실은 사무실이 아니에요." 그러고는 병실을 나갔다.

"편집 위원회는 무슨." 비올렌이 한숨을 쉬며 중얼거렸다. "벌레 같으니······."

에두아르는 원고 검토부 직원들에게 둘러싸여 긴 복도를 성큼성큼 걸어갔다. 그의 왼편에는 뮈리엘과 스테판이, 오른편에는 마리가 있었다. 에두아르는 자신의 말을 기록하고 자신이 내놓는 의견마다 맞장구를 칠 준비가 된 측근을 대동하고 다니는 대기업주

---

* 베르나르 피보는 2014년부터 2019년까지 공쿠르상 심사 위원장직을 지냈다.

** 프랑스 작가 로맹 가리의 필명. 공쿠르상은 두 번 수상할 수 없다는 규정이 있으나 로맹 가리는 《하늘의 뿌리》로 1956년 공쿠르상을 수상한 이후 필명으로 쓴 소설 《자기 앞의 생》으로 1975년 다시 한번 공쿠르상을 수상했다. 이 사실이 로맹 가리 사후에 유서를 통해 밝혀져 큰 파문이 일었다.

나 장관이 된 것 같았다. 에두아르는 침묵을 지키며 그들을 몰래 쳐다보았다. 스테판은 현재 원고 검토부의 최고참으로 14년 전, 그러니까 비올렌을 만나기 전부터 출판사에서 일했다. 당시 그의 머리는 생기 넘치는 붉은 빛깔이었다. 그보다 더 먼 과거에 스테판은 고등학교 수학 교사였다. 그러다 이혼을 겪고 나서 생긴 신경 쇠약증을 단순한 '슬럼프'로 치부해 버리는 바람에, 자신이 수학을 좋아하는가 하는 근본적인 문제를 비롯해 인생을 통째로 다시 생각해 보는 지경에 이르렀다. 그는 10대 때부터 소설의 세계로 도피를 하곤 했는데, 몇 년간 이어진 시련에 이런 습관은 그에게 행복을 가져다주는 유일한 행위와도 같았다. 스테판은 이 내용을 주제로《문학적 도피》라는 글을 썼고 출판사에서 이를 출간했다. 책은 뜻밖의 성공을 거두었다. 베르나르 피보는 〈르 주르날 뒤 디망슈*〉에 올겨울이 다가올 무렵 각 가정의 크리스마스트리 아래 이 책을 한 권씩 두기를 추천한다며 그의 책을 예찬하는 기사를 썼다. 스테판으로서는 소망하던 것 이상의 찬사를 들은 거나 다름없었다. 이어서 그의 책은 '교육부 추천 도서' 목록에 영광스럽게 입성했다. 프랑스의 모든 도서관에서 이 책을 구입했고, 고등학교 교육 과정에도 포함되었으며, 출판사는 백만 부라는 판매 수치에 안주하지 않고 계속해서 정기적으로 재판에 들어갔다. 스테판에게 계획 중인 다른 책이 있는지 물으면 그는 더 이상 할

---

* 매주 일요일에 발행되는 프랑스 종합 주간지.

말이 없다고 답변했다. 소설은 말할 것도 없고 에세이를 쓸 만한 아이디어도 딱히 없었다. 그저 책을 읽고 싶었다. 그래서 원고 검토부에서 일해 보지 않겠냐는 제안에 뛸 듯이 기뻐했다. 《문학적 도피》와 전 세계 37개 언어 번역판에 대한 저작권으로부터 끊임없이 발생하는 인세는 이제 막 쉰셋이 된 스테판에게 일정한 수입을 안겨 주었다.

한편 교정 일을 전업으로 했던 뮈리엘은 철자법 오류나 오탈자를 사냥하는 일을 9월의 버섯 따기만큼이나 즐겨 했다. 뮈리엘은 오르가슴과 다름없는 쾌락을 느끼며 오류들을 추격했고, 과거분사의 불일치*나 'ils avait**' 같은 것을 기습 공격할 때면 행복감으로 온몸이 떨렸다. 뮈리엘은 대형 제약 회사와 대기업 자동차 회사에서 근무한 적도 있었다. 그때 그녀는 홍보 책자, 보고서 등 소통의 일환으로서 오가는 모든 것들을 교정했다. 출판사에 이름을 알린 건 두 권의 신간 도서에서 잡아낸 오자에 대한 장문의 편지를 보내면서였다. 출판사의 소유자로서 4대째 이어진 거대한 배를 이끌던 샤를 사장은 즉시 뮈리엘을 불러들였다. "아버지는

* 프랑스어 문법상 과거 분사의 성·수가 주어 또는 직접 목적 보어 대명사와 일치하지 않는 오류를 뜻한다.

** 프랑스어 문법상 동사가 주어의 인칭 및 성·수와 일치하지 않는 오류를 뜻한다. 해당 사례에서는 'ils avaient(그들은 가지고 있었다)'로 써야 한다.

제가 실수를 할 때마다 책으로 머리를 때리셨죠." 샤를이 고백하듯 말했다. "아버님이 돌아오셔서 책으로 여기 작가들 머리 좀 치셔야 할 것 같은데요." 뮈리엘이 대꾸했다. 그리고 그 자리에서 채용되었다. 몇 해가 지나고 출판사 사람들은 뮈리엘이 원고를 교정하기 전에 해당 원고에 대한 정확한 평가를 내린다는 사실을 깨닫게 되었다. "이 책 히트 치겠는데……." "누가 이런 걸 읽을진 모르겠지만, 뭐……." 어느 날 비올렌이 그녀에게 제안했다. "원고 검토부에 들어오지 않을래요?" 뮈리엘의 얼굴이 환하게 빛났다.

스물네 살인 마리는 원고 검토부의 막내이자 신입 사원이었다. 대학 재학 중이었던 마리는 '글 속의 사물들 또는 이야기하기의 비활성 벡터들'이라는 제목의 논문 작성에 매달려 있었다. 그녀는 픽션에서 이야기상 비중이 있었던 모든 무생물 객체를 조사하기로 마음먹었다. 조사 범위는 최근 천 년간이었다. 예를 들면 오가와 요코의 《약지의 표본》에 나오는 표본과 마르셀 프루스트의 마들렌, 아니면 동화 《푸른 수염》에 나오는 조그만 황금 열쇠 등이었다. 마리는 대상을 직물, 가죽, 유리, 금속, 나무 등 소재별로 분류했다. 출판으로까지 이어진다면 2천 쪽이 넘을 괴물 논문이었고 15년은 족히 더 걸릴 문학계의 히말라야였다. 금발에 마른 몸, 밝은 눈동자를 가진 마리는 매우 소극적이었으나 부족한 의사소통의 상당 부분은 웃음으로 보완되었다. 그녀는 6개월 전에 채용되었다. 남편을 따라 어쩔 수 없이 베이징으로 떠나는 한 검토자의 자리를 채운 것이었다.

마리는 비올렌과의 개인적 친분으로 출판사에 들어오게 되었다. 이때 비올렌은 "뭔가 건진 것 같아."라는 전설의 문장 대신 "누군가를 만났어."라고 했다. 이 말은 스테판에게서 질겁하는 반응을 끌어낼 만했다. "에두아르랑 헤어질 거야?!" "에두아르와 헤어진다는 게 아니라, 플뢰르를 대신해서 팀에 합류할 누군가를 만났다고요." 비올렌은 자신의 정신 분석 상담사인 피에르 스탱의 조언에 따라 '익명의 알코올 중독자들*'이라는 모임에 나갔다. 마리와의 만남은 그곳에서 이루어진 것이었다. 비올렌은 마리를 알게 된 과정의 일부분은 다른 사람들에게 말하지 않았다. "내가 그렇게까지 술에 중독된 건 아니라고!" "당신은 술을 너무 많이 마시고 있어." "당신이 어떻게 알아? 같이 사는 것도 아닌데!" "자기 입으로 그렇게 말했잖아. 너무 많이 마신다고. 그러니까 가 봐. 가서 가까이서 봐. 당신은 호기심이 많은 여자니까 재미있어할 거야. 막상 가 보니 별로더라도, 그래서 금방 나오더라도 최소한 그게 시작은 될 수 있을 거야." "당신 정말 재수 없어, 피에르. 죄의식을 건드려서 그런 델 꼭 가게 만들어."

보통 사람이 담당 정신 분석 상담사와 맺는 관계를 기준으로

---

* 알코올 중독에서 벗어나기 위해 단주(斷酒)와 재활을 목표로 함께 노력하는 공동체로서 1935년 미국에서 시작되었으며 우리나라에도 지부가 있다.

하면 이들의 대화가 무례해 보일 수도 있었다. 하지만 비올렌이 피에르의 옛 상사이자 그의 저서를 담당하는 편집자이고, 계약서 서명에 동행하고 점심을 같이하는 사이이며, 남편을 동반해 뤼베롱에 위치한 별장으로 함께 휴가를 가기도 한다는 사실을 안다면 그런 오해는 단박에 풀릴 것이었다.

원고 검토부의 가장 오래된 팀원인 스테판은 비올렌과 에두아르가 어떻게 만나게 되었는지 알고 있는 마지막 증인이기도 했다.

둘은 14년 전 출판사 내에서 비올렌의 지위가 눈부시게 상승하던 때에 만났다. 당시 사장이었던 샤를이 예기치 못하게 갑작스러운 죽음을 맞은 직후였다. 어느 날 아침 비올렌이 원고 검토부 사무실에 들어와서 철제 책장들을 살펴보았다. "이 책장들, 진짜 못생겼네요." "맞아요. 못생겼어." 스테판이 인정한다는 듯 받아쳤다. "늙기도 했고." 비올렌이 이어서 말했다. "지스카르* 때도 여기 있었을걸요. 새 서가를 들이는 쪽으로 생각해 보죠." 그녀가 결론지었다. "의견 좀 내 보세요. 그럼 예산을 배정할게요."

그러나 합의를 통해 정하려던 아이디어는 그다지 좋은 게 아니었음이 드러났다. 직원들의 의견이 제각각이었기 때문이다. 나

———————— * 프랑스의 20대 대통령(1974~1981).

무로 된 것, 유리로 된 것, 직각인 것, 칸막이가 쳐진 것, 일자인 것, 심지어 기울어진 것까지. "제가 아는 사서는 집에 기울어진 책장이 있거든요." 그 당시 출판사 검토자였던 피에르가 나뭇가지가 선반이 되는 '나무 모양 서가'란 것을 제안하는 데에 이르자 비올렌은 직원들의 말을 자를 수밖에 없었다. 결국 책장에 대한 의견 일치를 보지 못했다. 그녀는 인테리어 전문가를 부르기로 했고, '라부르와 사지에' 인테리어 사무소의 에두아르 라부르가 낙점되었다. 파리 시내의 인테리어 사무소 중 유일하게 기꺼이 출장을 와서 아홉 평짜리 사무실을 꾸며 주기로 한 곳이었다. 에두아르는 "그 앞을 지나다닌 게 한두 번이 아니지만 제게는 늘 신비로운 곳입니다. 유명 출판사의 문턱을 넘게 돼 기쁩니다."라고 답했었다. 비올렌은 에두아르의 반응에 매우 흡족해했다. 그리하여 약속이 정해졌다. 스테판은 에두아르가 도착하던 순간을 마치 일주일 전 일처럼 생생하게 기억했다. 그는 그 순간을 일명 '계단 신(scene)'이라고 불렀다.

에두아르는 건물에 도착해 안내 데스크에 알림을 요청했다. 비올렌의 전화가 울렸다. 비올렌은 자신의 방에서 나와 부서원들에게 알렸다. "인테리어 디자이너가 왔대요!" 원고 검토부 전원이 한 몸이 된 것마냥 일어나 계단 위에서 대기했다. 짧은 갈색 머리를 한 에두아르의 나이는 확실히 서른다섯보다는 적어 보였다. 계단을 오르는 속도가 차츰 느려지더니 층계참으로부터 계단이 몇 개 남지 않은 지점부터는 눈에 띄게 걸음이 느려졌다. 비올렌에게서 떨어질 줄 모르는 그의 눈길은 자신에게 고정된 초록색 시선에 빨려 들어가는 것 같았다. "안녕하세요. 비올렌 르파주입니다." 비올렌이 손을 내밀자 그가 기계적으로 그녀의 손을 잡았다. 그리고 돌처럼 굳어져 탄식과 동시에 말을 내뱉었다. "당신이 이런 모습일 거라고 상상조차 못했습니다." 비올렌이 웃었다. "그래요? 절 어떻게 상상하셨는데요?" 인테리어 디자이너는 적절한 대거리를 찾지 못했는지 체념한 듯 말했다. "이런 모습은 아니었습니다." 이 세 마디 말속에는 비올렌이 눈치채지 못한 극적인 뭔가가 담겨 있었다. 현장에서 둘의 만남을 목격한 스테판은 그 몇 초의 시간은 아주 희귀한 장면이었다고, 소설에서도 정확히 묘사된 바를 본 적이 없다고, 아마도 종이에 글로 적는 게 불가능하기 때문일 거라고 생각했다. 스테판은 남자가 처음 본 여자와 그토록 광적으로 사랑에 빠지는 장면을 여태껏 본 적이 없었다.

에두아르는 오후 내내 원고 검토부의 공간과 서가를 재정비하기 위해 상상한 것을 스케치로 옮겼다. 흡사 알렉산드리아 도서관을 재건하는 것과 같은 열정이었다. 그런데 기실 그는 어떻게 해야 메시지를 전달할 수 있을지 몰라 시간을 벌고 있었다. 그 사이—스테판이 똑똑히 기억하길—비올렌이 와서 문에 팔꿈치를 기댄 채 서 있었고, 솔랑주라는 직원이 인테리어 디자이너에게 말을 걸었다. "아홉 평 공간에 책장을 짜러 출장 나오는 일이 자주 있으신가요?" 에두아르는 지금 한번 해 볼 참이다, 그렇지 않으면 평생 하고 싶다는 마음만 먹는 데 그쳤을 것이다, 실은 선택지가 없었다, 하고 속으로 답했다. 그는 비올렌을 향해 시선을 들어 최대한 멋진 미소를 지어 보려 했다. "편집자님께서 비올렌 르파주 씨처럼 예쁠 때는 그렇죠." 원고 검토부 사무실에 정적이 흘렀다. 그를 응시하는 비올렌의 얼굴에 정의할 수 없는 뭔가가 스쳐 지나갔다. 에두아르는 그리 대답하길 잘했다는 것을 알았다.

그가 원고 검토부와 아내를 생각하고, 원고 검토부 직원들이 에두아르와 그들의 팀장을 생각하는 동안, 비올렌은 오로지 카미유 데장크르에 대한 생각뿐이었다. 공쿠르상 1차 경쟁 후보에 오른 것만 해도 선방이지만 비올렌은 이것이 양동 작전*이라 믿었다. 심사 위원들이 그 작품을 후보에 올린 건 명단에 올랐다는 확신에 고무된 작가나 편집자를 비웃어 주기 위해서일 거라고 말이다. 본래 심사 위원들은 장난을 잘 치는 데다 위험하기까지 하다. 이후에 비올렌은 《설탕 꽃들》이 문학철**에 간행된 신간이라면 누구나 열망하는 공쿠르상 1차 후보 명단에 놓이게 된 이유를 듣게

———

* 적의 경계를 분산시키기 위해 실제로 전투를 벌이지 않으면서 공격을 할 것처럼 병력이나 장비를 움직이며 기만하는 전술.

** 여름 휴가철이 지나고 새 학기가 시작되는 9월 무렵부터 약 두 달간 신작 도서들이 대거 쏟아져 나오는 시기.

되었고, 이는 그녀가 예상했던 바와 전혀 달랐다. 이러한 사실을 알려 준 비르지니 데스팡트*에 따르면 자신을 포함한 심사 위원 네 명이 소설을 읽고 나서 단순히 글이 훌륭하다는 판단을 내렸기 때문이라고 했다. 게다가 이 소설이 맨 처음으로 후보 명단에 선정되는, 이른바 기존 공쿠르상의 틀을 깨는 파격적인 결정이었단다⋯⋯.

'뱀파이어는 신선한 피가 필요해.' 비올렌이 생각했다. 그건 샤를 사장의 표현이었다. 문학은 스스로를 재생시키기 위해서 주기적으로 신인들의 피가 필요하다. 젊은 남녀들이 그들의 첫 번째 저서가 나오자마자 돌연 스포트라이트 불빛 아래 나타난다. 그들은 뱀파이어에 물리고도 살아남든지 아니면 영원히 힘을 잃는다. 첫 소설을 쓴 작가 셋 중 둘은 영영 차기작을 들고 돌아오지 않는다는 사실을 고려해 보면 말이다. 편집자에게서 신작을 거절당하거나, 성공 이후에—성공이 있었다면—심리적 문제로 머리가 꽉 막히거나, '할 말을 다 했다'는 느낌을 받거나 등 이유는 다양하고도 알쏭달쏭하다. 카미유 데장크르의 문제는 뱀파이어가 그토록 세게 물었는데 희생자는 연기처럼 사라지고 조명 아래에 아무도 없다는 것이다. 이는 범상치 않은 일이었고 기자들의 궁금증과 관심을 유발할 만했으나 상황을 그 상태로 질질 끌 순 없었다.

───────
* 프랑스 작가로 2016년부터 2020년까지 공쿠르상의 심사 위원직을 지냈다.

하지만 연락처라고는 원고가 출판사에 접수되었을 때 표지에
적혀 있던 이메일 주소뿐이었다.

camilledesencres@gmail.com

존경하는 무슈(또는 마담)* 카미유 데장크르 씨께,

　저를 비롯한 원고 검토부 직원 모두가 《설탕 꽃들》을 매우 흥미롭게 읽었습니다. 다가오는 9월 문학철에 이를 출간하고자 함을 기쁜 마음으로 알려 드립니다. 귀하의 소설은 구조만큼이나 문체 측면에서도 미스터리와 높은 독창성을 지녔습니다. 그런 소설은 흔치 않습니다.

　저희 출판사는 귀하를 전속 작가로 모시길 간절히 바랍니다.

　연락처로 이메일 주소만 알려 주셔서요. 우편 주소나 전화번

－－－－－－
* 이어지는 이메일 내용에서 비올렌은 수신인의 성별을 명확히 알지 못해 영어로 치면 미스터와 미시즈를 계속해서 혼용한다. 이를 드러내기 위해 프랑스어 원어를 음차한 '무슈'와 '마담'을 그대로 남겨 두었다.

호도 없고요. 빠른 시일 내에 원고 검토부 이메일이나 전화로 다
시 연락을 주셔서 만나 뵐 수 있길 바랍니다.

안녕히 계세요.

비올렌 르파주

출판 편집자,

원고 검토부 책임자

비올렌 르파주 씨께,

오늘 메일함에서 편집자님의 메일을 발견하고 제가 받은 충격과 기쁨을 상상도 못하실 겁니다. 감히 믿을 수도 없습니다. 제글이 정말 마음에 드셨습니까? 감정이 북받쳐 메일을 마저 쓰는 일조차 힘들 것 같군요.

빠른 시일 내에 다시 연락드리겠습니다.
CD

마담 카미유 데장크르 씨께,

저도 선생님께서 겪으셨을 충격과 감정을 기꺼이 이해합니다.
저희 출판사로 매년 들어오는 3천 건에 가까운 원고 가운데 채택
되는 건 두세 편뿐이니까요.

일주일 전부터 소식이 없으신데 만나 봬야 할 일이 있습니다.
계약서에 서명만 하시면 되는 일입니다.

빠른 시일 내로 연락 주세요. 혹시 다른 출판사와의 계약을 고
민 중이라면 절대 서명하지 않으시길 바랍니다. 그전에 저희와 말
씀 한번 나누세요.
비올렌 르파주
출판 편집자,
원고 검토부 책임자

무슈 카미유 데장크르 씨께,

연락이 안 돼서 심히 걱정됩니다. 빨리 연락 좀 주세요. 저희는
새 문학철을 맞아 작가님만을 오매불망 기다립니다!
비올렌 르파주
출판 편집자,
원고 검토부 책임자

비올렌 르파주 씨께,

　답장이 늦어 죄송합니다. 다른 출판사와 계약하는 일 따위는 없습니다. 다만 제가 외국에 체류 중이라 상황이 좀 그래요. 몇 주 동안은 만나기 힘들 것 같은데, 계약서를 아래 런던 주소로 보내 주시겠어요? 제가 묵는 호텔 주소입니다. 계약서는 가능한 한 빨리 다시 보내 드리겠습니다.

　안녕히 계세요.
　CD
　그레인지 스트라스모어 호텔
　퀸스 게이트 가든스 41번지
　켄싱턴
　런던 SW7 dNB,
　영국

무슈 카미유 데장크르 씨께,

계약서를 체류 중이신 런던 주소로 보냈습니다. 제때 받으시면 좋겠네요. 외람된 말씀이지만, 수년간 이쪽 일을 하면서 첫 소설 계약을 하는데 출판사로 직접 방문하지 않은 작가님은 단 한 분도 없었습니다.

좀 특이하신 것 같아요. 괜찮으시다면 작가님의 신상에 대해 더 여쭤봐도 될까요? 주고받은 메일을 다시 읽어 보니 남자분인지 여자분인지조차 모른다는 사실을 문득 깨달아서요.

카미유 데장크르 작가님, 당신은 누구인가요?
비올렌 르파주
출판 편집자,
원고 검토부 책임자

마담 또는 무슈 카미유 데장크르 씨께,

　런던에서 서명하고 보내 주신 계약서를 잘 받았습니다. 계약
조건에 동의해 주셔서 감사합니다. 소식이 없으신데 연락 주시면
만나 뵙고자 합니다. 작가님의 책은 9월에 출간됩니다. 사진 촬영
과 언론 인터뷰에 응해 주시면 좋겠습니다.

　감사합니다.
　비올렌 르파주
　출판 편집자,
　원고 검토부 책임자

출판사 메일이 아닌 개인 메일 계정으로 보냅니다. 혹시 개인 메일로는 답변을 하시지 않을까 싶어서요.

카미유 씨,

확실하게 하시죠. 용기를 가지고 자신을 드러내세요. 나는 당신이 누군지 모르지만, 당신은 많은 걸 알고 있는 것 같군요. 도대체 누가 당신에게 설탕 꽃들에 관해 이야기했죠? 뭘 더 알고 있는 건가요? 노르망디*와는 무슨 관련이 있는 거죠?

나를 협박할 심산으로 이러는 거라면 적잖은 위험을 감수해야 할 겁니다. 잘 생각해 보세요.

---

* 프랑스 북서부에 위치한 레지옹(프랑스의 광역 자치 단체)으로 주요 도시로는 루앙시(市)가 있다.

나도 가만있지만은 않을 겁니다. 함부로 건들지 마시길.

답변 바라며.

비올렌 르파주

비올렌,

　결코 당신에게 해가 되길 바라지 않습니다.

　이 책은 저를 떠나 스스로의 삶을 살 것입니다. 그리고 죽어
야 할 이들은 죽을 것입니다. 모든 빚은 돌려받게 될 것입니다.
　CD

"비행기에 탄 비올렌에 대한 얘기 들은 적 있어요?" 플뢰르가 마리에게 물었다. '비행기에 탄 비올렌'이라니. 마리는 《해변에 간 마르틴》, 《바다에 간 마르틴》, 《숲에 간 마르틴》*과 같은 제목이 떠올랐다. 그런데 플뢰르는 진지했다. 플뢰르의 말로는 원고 검토부에서 그녀의 자리를 대체할 마리가 비올렌과 같이 도서전을 비롯한 각종 도서 행사에 다니거나, 해외에서 열리는 작가와의 만남에 해당 작가를 수행하는 데 동행할 수 있다고 했다. "근데 비올렌 팀장님이 비행기를 무서워해요." "어떻게 무서워해요?" "정말로 무서워해요."

장거리든 파리-니스 구간 같은 짧은 노선이든, 비올렌은 비행기 여행을 앞두고 있을 때면 암울하고 극적인 결말을 찾아내기 위해 별자리 운세를 하나씩 읽기 시작했다. 머릿속으로는 최근에

---

* 10세 소녀 마르틴의 모험 이야기를 담은 '마이 프렌드 마르틴' 시리즈.

일어난 사고 장면들이 파노라마처럼 펼쳐졌다. 워낙 대대적으로
보도되어 비올렌도 텔레비전이나 인터넷에서 본 것들이었다. 그
럴 때마다 그녀는 뱀의 눈동자 속에서 얼어붙은 먹잇감이 된 작
은 설치류마냥 정신을 빼앗겼다. 여행 전날은 도통 잠을 이루지
못했다. 이른 아침 알람이 울리면 비올렌은 공황에 사로잡혔고 에
두아르는 해결책을 내 보려 애썼다. 하지만 그녀에게는 아무것도
통하지 않았다. 공황 증세는 택시를 타는 동안 잠시 가라앉는 듯
하다가 공항에 도착해 탑승구에 서면 다시 찾아왔다. 그녀에게는
면세점에서 풍기는 메스꺼운 향수 냄새와 제과점 냄새가 악몽에
서 튀어나온 악마의 매장에서 나는 냄새처럼 느껴졌다. 왔던 길
을 되돌아가서 택시를 잡아타고 집으로 돌아가는 상상을 이리저
리 해 보지만, 결국 공항 화장실로 사라져서 전날 에두아르 몰래
35센티리터짜리 피아스크*에 채워 둔 보모어 위스키를 병째 들
이켰다. 그러고 나서 민트 향 껌을 씹다 보면 술기운이 올라오면
서 조금 진정이 되었다. 비올렌은 비행기에 올라 좌석에 앉자마
자 골을 빙빙 뚫는 소음을 내는 환풍구부터 닫았다. 그러다 '반대
편 출입구 확인', '이륙을 준비하십시오'라는 안내 방송이 나오면
미세한 떨림이 엄습했고, 비올렌은 안전벨트를 꽉 붙들어 매고 마
치 수심 300미터 아래에서 공기통을 메고 있는 것처럼 숨을 쉬었
다. 비행기가 이륙하는 순간 불이 붙은 콩코드 여객기의 모습이

* 이탈리아식 술병으로 병목이 길고 가늘며, 넓고 둥근 몸통 부분을
밀짚 등을 엮어 감싼다.

머릿속을 빙글빙글 돌았다. 비올렌은 안전벨트 표시등이 꺼질 때까지 속으로 초를 세어 가며 주시했다. 지금까지는 괜찮다는 표시이니까. 비올렌은 항상 비행기 끝 복도 자리를 골랐다. 기체 꼬리 쪽의 간이 의자에 앉은 승무원을 이따금 돌아보기 위해서였다. 승무원의 얼굴이 평온하면 조금 안심이 되었다. 승무원은 비올렌의 불안을 측정하는 기준이었다. 승무원이 업무를 기계적으로 수행할수록 비행은 덜 위험하게 느껴졌다. 비행기가 난기류를 지난다는 안내 방송과 함께 삐삐 하는 경고음이 울리며 안전벨트 착용 표시등에 불이 들어오면, 비올렌은 잔뜩 긴장한 채 자리에서 자신이 아는 모든 창조주들에게 기도를 하기 시작했다. 비행기가 흔들리지 않고, 덜컹, 승객들의 비명 아래 돌멩이처럼 추락하지 않게 해 달라고.

비올렌의 상상에서 가장 이상한 부분은 여비를 챙기면서, 알람을 맞추면서, 택시를 호출하면서, 그리고 마침내 이 저주받은 비행기에 앉으면서 자신의 죽음을 세밀하게 계획한다는 것이었다. 다 내팽개치고 집으로 돌아가자, 아니 애초에 떠나지 말자는 자신의 직감을 따랐어야 했다.

비올렌은 난기류를 지날 때마다 그녀와 함께하는 불운에 당첨된 동행의 팔뚝을 왼손으로 꽉 쥐었다. 고양이가 날카롭게 세운 발톱을 꼭 오므리는 듯한 그 힘으로 인해 옆에 앉은 이의 옷소매에, 때로는 살갗에 손톱자국이 났다. 폭풍우를 겪으며 파리와 프랑크푸르트를 오가는 동안 그런 식으로 생긴 플뢰르의 팔뚝의 시퍼런 자국은 몇 주나 지속되었다.

비올렌은 비행기에서 이런 일을 겪을 때마다 초주검이 되었고, 기체가 착륙해서 장난감 비행기처럼 달리다가 사다리차 앞에 멈추어야 비로소 마음 놓고 숨을 쉴 수 있었다. 비올렌은 자신의 정신 분석 상담사인 피에르 스탱과 이러한 공포증에 대해 회상해 본 적이 있었다. 피에르는 공포에 집중하지 말고 진정제와 여정 동안 읽을 재미있는 책을 챙기라고만 했다.

비올렌은 재난 상황에 대한 그녀의 염려가 AF 67543 항공편에서 현실이 될 줄을 꿈에도 몰랐다.

"우리 비행기는 지금 파리에 접근하고 있으며 잠시 후 하강을 시작합니다. 현지 시각은 6시 45분, 온도는 섭씨 11도입니다." 기장이 안내 방송을 했다. 비올렌은 잠을 자지 않았고 기내식에 손하나 대지 않았다. 그녀는 승객들의 졸린 얼굴, 평화로운 얼굴, 또수면 안대를 쓴 얼굴을 뚫어지게 쳐다보았다. 15분에 한 번씩 뒤를 돌아보는 것도 잊지 않았다. 비행기 뒤쪽 맨 끝에 앉은 승무원이 하품을 했다. 안전하다는 신호였다. 옆자리의 마리는 깊이 잠들어 있었다. 마리는 허벅지 사이에 군데군데 귀퉁이가 접히고 표지가 반들반들해진 오래된 문고판 책을 끼고 있었다.《캐리》라는 제목의 그 책은 그녀가 열세 살 때부터 가지고 다니던 것이었다. 책의 면지에는 만년필로 쓴 글이 적혀 있었다. '마리에게, 언제나 좋은 일만 가득하기를. 그대의 친구. 스티븐 킹.'

비올렌과 마리는 미국에서 돌아오는 길이었다. 1박 일정으로 프랑스 파리에서 미국 메인주 뱅고어를 다녀오는 아주 짧은 출장이었다. 그들은 공포와 스릴러 문학의 대부를 신비로운 그의 자택에서 만나고 왔다. 붉은색과 흰색으로 된 그 집은 검은 철책이 둘러져 있었으며 철책의 출입구에는 섬세하게 제작된 철제 박쥐 상들이 솟아 있었다. 3주 전 비올렌은 미국 지사로부터 스티븐 킹이 상상력에 대한 글 하나를 막 완성했다는 정보를 입수했다. 자유 형식에 분량이 150쪽가량 되는 일종의 수필로, 창작자의 상상계에서 일어나는 뇌의 메커니즘과 이것이 창작물을 읽는 독자들에게 미치는 영향에 관한 내용이었다. 그 글은 허구와 실재 사이의 모호한 경계에서 반짝반짝 빛났다. 정보통에 의하면 그 새 글을 읽은 사람은 거의 없었고 전 세계 번역권도 아직 협상 전이었다. 비올렌은 서둘러 계산기를 두드렸다. '나에겐 이 원고가 반드시 필요해. 아니, 출판사를 위해 반드시 필요해.' 비올렌은 휴대전화를 꺼내 'K'가 나올 때까지 연락처 목록을 넘겼다. 비올렌은 스티븐 킹의 휴대 전화 번호를 아는 편집자는 프랑스에서 자신이 유일할 거라고 생각하며 미소를 지었다.

아직 기밀 상태에 있는 그 원고를 위해 비올렌은 출판 에이전트들과 편집자들, 그리고 취임 선서를 거친 출판계 실력자들이 취하는 전통적 경로를 무시하기로 했다. 이는 분명히 출판사의 해외 저작권과 번역권 구입을 담당하는 편집자 파브리스 갈랑의 기분을 상하게 할 일이었다. 비올렌이 직접 스티븐 킹에게 연락을 취했다는 사실을 알면 파브리스는 당장 파스칼 사장에게 달려가

불만을 터트렸을 터다. 그럼에도 그녀는 그 미국인에게 메시지를 보내 보기로 마음먹었다. 그리하여 그들은 다음과 같은 간단한 문자 메시지를 주고받게 되었다.

"좋은 아침이에요, 스티븐 씨. 상상력에 관한 글을 쓰셨다고 들었습니다. 개인적으로 비행기라면 끔찍하지만, 당신을 만나러 갈게요!"

"좋은 저녁이에요, 비올렌 씨. 좋은 생각입니다! 추신 : 개자식이라고 답문해도 돼요. 원한다면."

"개자식!"

비올렌이 원고 검토부 사무실에 들어왔다. "마리, 나랑 같이 미국 출장 갈래요?" 여러 개의 시선과 공모의 미소들이 오갔다. 이전까지는 자격이 주어지지 않아 하지 못했던, 일종의 신고식 같은 비행 경험을 이제 마리도 할 차례라는 의미였다. "다르게 말해 볼까요?" 비올렌이 이어 말했다. "마리, 스티븐 킹 만나러 나랑 미국 갈래요?"

비올렌이 비행기의 창문으로 고개를 돌렸을 때만 해도 모든 게 정상이었다. 이 순간에 대한 기억은 무의식 속 장면만큼이나 빠르게 지나갔다. 희끄무레하고 둥그런 형체들이 왼쪽 제트 엔진에 부딪치기 시작했다. 속사포 같은 10여 개의 물체였다. 충돌음은 잘 들리지 않았지만 비행기에서 딸꾹질을 하는 듯한 소리가 나는 바람에 잠들어 있던 승객들이 소스라치게 놀라 깨어났다. 나음 순간 시커먼 연기가 제트 엔진에서 두텁게 뿜어져 나오며 비행기가 오른쪽으로 비스듬히 회전했다. 한 여자 승객이 "파이어(불이야)!"라고 외쳤다. 불과 몇 초 간격으로 발생한 일련의 일들에 비행기 꼬리 쪽에 있던 승무원이 안전벨트를 끄르고 조종실을 향해 미친 듯이 달려갔다. 잠에서 깬 마리가 눈을 떠 비올렌을 바라보았다. 비올렌은 입을 헤벌린 채 창문에서 눈을 떼지 못했다. 그녀의 시선은 열기로 뒤덮인 엔진에 닿아 있었다. 순간 오른쪽 날개에 두 번째 충격이 발생했고 비행기가 중심을 잃으면서 하강 기류 속으로 떨어졌다. 비올렌과 마리의 심장이 구겨진 종잇장처럼 죄어들었다. 두 사람의 얼굴 앞으로 떨어진 산소 마스크가 상자를 열면 튀어나오는 짓궂은 장난감처럼 투명한 줄에 매달려 흔들거리는 동안, 기체가 내부 폭발이 일어난 듯 심하게 진동했다. "새떼가 엔진에 부딪혔대요!" 승무원이 소리를 질렀다. "마스크 착용하세요!" 승무원이 영어로 같은 말을 반복했다. 비올렌은 산소 마스크에는 손도 대지 못한 채 그저 덜덜 떨고만 있었다. 그녀는 단 몇 초 사이에 온몸의 피가 빠져나가는 듯한 느낌을 받았다. 이제 에두아르도, 집도, 원고 검토부도 다시는 볼 수 없게 되었다는 확신만이 커져 갈 뿐이었다. 비행기에서 으스러질 거라는 최악의 악몽이 현실이 되고 말았다. 게다가 죄 없는 마리까지 끌어들였다. 몇 분 후면 모든 게 끝나리라. 비올렌의 오른쪽 복도 자리에 앉은 한 회사원은 손으로 머리를 감싸 쥐고 안절부절못하며 흐느꼈다. 비명 소리가 난무하는 비행기는 추풍낙엽처럼 휩쓸려 갔다.

"죽지 않을 거야." 마리가 중얼거렸다.

"아니. 우린 죽을 거야!" 비올렌이 거칠게 숨을 내뱉으며 외쳤다.

"죽을 수 없어요. 지금은 안 돼요." 마리가 확신에 찬 목소리로 말했다. "그러니까 팀장님도 절대 지금 죽지 않을 거예요."

기압 때문에 귀가 막혀서 더는 소리가 들리지 않자 비올렌은 심근 경색의 전조 증상이 온 거라고 생각했다. 죽음이 임박한 순간 비올렌의 감각이 마지막으로 인지한 건 마리의 향수 냄새였다. 공기 중을 떠돌던 재스민 향기.

비올렌이 이 세상에 다녀가는 동안 그녀에게 마리의 재스민 향 향수가 남겨질 것이었다.

"꽉 붙잡아요! 행 온 나우!" 기장이 방송으로 지시하는 동안 비올렌과 마리가 앉은 좌석 아래에서 착륙 장치 출입구의 기계 소음이 요란하게 울려 퍼졌다. 다음에 이어진 몇 초는 비올렌과 마리 모두에게 모호한 기억으로 남겨졌다. 아직 하늘에 떠 있다고 생각한 비행기가 지상에서 몇 백 미터밖에 떨어지지 않은 데 있었던 것이다. 나중에 텔레비전 방송에 나온 장면을 보고 나서야 비로소 상황이 어떻게 돌아간 건지 이해할 수 있었다. 기장은 반쪽이 날아간 제트 엔진의 추진력만 쓸 수 있게 되자 충격을 최대한 줄이기 위해 안간힘을 쓰면서 활주로를 향해 활공하며 착륙하는 방법을 택했다. 착륙 장치가 순식간에 뭉개져 비행기가 미끄러지기 시작하면서 동체는 이를 버티지 못했다. 비행기 측면 출입문 부근이 쪼개져서 벌어지고 중심부 바닥이 꺼지는 바람에 비올렌을 포함한 복도 자리 승객 열 명이 떨어졌다. 그날 저녁 프랑스 뉴스 채널들과 전 세계의 협력 방송사에서 루아시 공항 활주로에 떨어진 두 동강 난 비행기, 구조 차량들, 소방차에서 뿜어져 나와 계류장을 뒤덮은 물, 전기톱을 써서 부상자들을 구출하는 구조대원들의 모습을 내보냈다. 사고 결과는 기적과도 같았다. 사망자 없음. 부상자 열 명 가운데 다섯 명 중태. 비올렌도 그중 하나였다. 마리는 부상 없이 빠져나왔다. 모든 뉴스 해설자와 전문가

들이 기장의 태도가 더없이 침착했으며 이번 일은 도무지 일어날
수 없는 사고였다고 입을 모았다. 왼쪽에 이어 오른쪽 제트 엔진
이 1분도 채 되지 않는 간격으로 각각 열다섯 마리 정도의 야생
조류 떼를 그야말로 삼켰단다.

비올렛은 환하게 빛이 밝혀진 길도 천사도 보지 못했다. 더할
나위 없는 행복이라든가 사라져 버린 소중한 이들의 그림자는커
녕 아무것도 보지 못했다.

"비올렌에게,

　비행기 사고 소식 들었어요. 당신이 크게 다쳐서 의식 불명 상태라는 얘기도. 저는 사고, 병원, 고통 등에 대해 좀 알아요. 당신에게 일어난 일에 저도 얼마간 책임이 있는 것 같아 미안한 마음을 감출 수 없네요. 상상력에 관한 이 글은 당신에게 빚진 거예요. 프랑스어 번역권은 당신과 당신의 출판사에 갈 겁니다. 제 소속사에서 전부 처리해 줄 거예요.

　깨어나요…… 당장!

　당신의 친구가.
　스티븐 킹"

비올렌은 혼수상태에서 다리 절단이라는 최악의 상황을 피하기 위해 두 번의 연이은 수술을 받았다. 이때 생긴 3센티미터 너비의 흉터가 허벅지부터 발뒤꿈치까지 흐릿한 도로처럼 뻗어 있었다. 피부에는 유성우가 박혀서 폭발해 방사형으로 구덩이를 만들어 낸 듯한 흔적이 여러 개 생겼다. 표면이 연마된 가느다란 금속 관과 암나사가 결합된 장치가 종아리, 무릎, 허벅지 중간에서 다리를 조이고 있었다. 다리의 장치를 보고 있노라니 비올렌은 데이비드 크로넨버그의 영화 '크래시'가 떠올랐다. 이 작품에서 미모의 정점을 찍었던 여배우 로자나 아퀘트는 영화 속에서 자동차 사고 후 두 다리에 보정 기구를 찬 인물을 연기했다. 흥미롭게도 온전치 못한 상태의 몸으로써 남성을 타깃으로 가장 에로틱한 연기를 끌어냈던 것이다.

　비올렌은 에두아르의 부축을 받고 목발을 짚으며 서툰 걸음으로 집에 돌아왔다. 그녀는 소파에, 에두아르는 맞은편 안락의자에 앉았다. 비올렌은 눈을 감았다가 뜨면서 친숙한 실내를 한 번 둘러보고 그다음으로 남편의 얼굴을 보았다. "다시는 못 돌아올 줄 알았어." 에루아르도 같은 마음이었다. "나도 당신을 다시는 못 보는 줄 알았어. 그런데 우리가 이렇게 여기 있네." 에두아르는 탄식과 함께 맞장구를 치고는 자리에서 일어나서 비올렌의 곁으로 옮겨 앉고 두 팔로 그녀를 껴안았다. 비올렌이 그의 목에 머리를 기댔다. "당신이 없으면 난 어쩌지?" 비올렌이 말했다. 에두아르는 대답할 말을 찾지 못해 조용히 비올렌의 뺨을 쓰다듬고 그녀의 머리에 자신의 뺨을 가져가 댔다. 그들은 오후의 햇살 속에서 오랫동안 그 상태로 머물러 있었다.

비올렌은 샤워를 하는 데에도 복잡한 절차가 필요하다는 것을 알게 되었다. 마땅히 받칠 만한 곳이 없는 욕실 벽에 목발 기대 두기, 의사가 추천해 준 연고가 다리에서 흘러내리는지 신경 쓰기, 스테인리스 보정기 위로 샤워기 넘기기, 넘어지지 않기. 에두아르는 혹시라도 그녀가 균형을 잃을 경우를 대비해 그녀를 잡아 주기 위해 옆에서 대기했다. 금속관 사이로 수건을 넣어 닦는 게 불가능했으므로 드라이어로 다리를 말려야 했다. 그러고 나서 흉터에 특수 스프레이를 뿌렸다. 마지막으로 일회용 주사기에 강력한 진통제를 넣어 직접 주사를 놓았다. "종아리 부근에 주사 바늘을 찔러 넣고 피스톤을 밀면 돼요." 말은 쉬웠다.

비올렌은 에두아르에게 욕실에 혼자 있게 해 달라고 부탁했다. 에두아르는 거실을 어슬렁거리다가 '그들의' 벽 앞에 섰다. 각자의 공간에 가장 중요한 사진들을 걸어 놓은 벽이었다. 그의 벽 공간에는 자신이 디자인한 인테리어 사진이 있었다. 간간이 그와 팀원들, 그리고 동업자 마르크 사지에의 모습이 멀리서 보이기도 했다. 에두아르의 작업물에 대한 찬사의 글을 실었던 인테리어 잡지의 표지를 넣은 액자도 있었다. 비올렌의 벽에는 비올렌에 관한 사진밖에 없었다. 선글라스를 쓰고 무라카미 하루키와 함께한 비올렌, 존 어빙의 문신을 손가락으로 가리키는 비올렌, 필립 솔레르의 퀄런 파이프를 빼앗아 든 비올렌, 미셸 우엘벡과 똑같이 중지와 약지에 담배를 끼워 피우는 비올렌, 센트럴 파크의 벤치에서 필립 로스와 포옹하는 비올렌, 모디아노와 하늘을 바라보는 비올렌, 비올렌이 말을 하지 못하게 손으로 막는 스티븐 킹과 비올렌. 그리고 신기한 사진이 한 장 더 있었다. 바로 비올렌이 롤링스톤스의 멤버들과 혀를 내밀고 있는 사진이었다.

에두아르가 사진의 벽 앞에서 추억에 잠겨 있는 동안 비올렌은 욕실 전신 거울 속 자신의 모습을 응시하고 있었다. 그녀는 발가벗은 채로 보정 기구를 찬 왼 다리를 잔인하리만치 찬찬히 뜯어보았다. 거울에 얼굴을 가까이 들이밀고 보니 눈 밑에 심한 다크서클이 생겨 있었다. 불과 몇 주 전까지만 해도 존재하지 않던 주름도 보였다. 염색이 점점 빠지고 있는 붉은색 머리는 너무 길어 버렸다. 한 걸음 뒤로 물러나 보았다. 그녀는 "12킬로는 빠졌겠네."라고 중얼거리고는 가슴 아래쪽과 배꼽 사이의 거리를 가늠해 보던 머리빗을 집어 들었다. 거리가 예전 같지 않자 빗을 벽에다 던져 버렸다. 뒤로 돌아 엉덩이를 거울에 비추어 보았다. 보정 기구를 찬 다리와 살갗 위에서 뱀처럼 구불거리는 상처가 보였다. 비올렌은 눈을 감았다.

암컷 늑대의 포효와도 같은 긴 울부짖음이 아파트에 울려 퍼졌다. '골치 아프군. 곰같이 허연 그 일본 개.' 하고 에두아르는 생각했다. 최근 들어 동물을 키우는 이웃들이 있었다. 동물들은 종종 오후가 되면 이유 없이 죽어라 짖어 댔다. 그런데 문득 소리가 나는 곳이 다른 집이 아니라 자기 집이라는 생각이 들었다. "비올렌?" 에두아르는 중얼거리며 욕실로 뛰어갔다.

"비올렌?" 에두아르가 고함을 지르며 대답을 듣기도 전에 욕실 문을 열어젖혔다. 거울 앞에 웅크린 비올렌은 멈출 기미 없이 소리 높여 흐느꼈다.

"지쳐서 그래. 그럴 수 있어, 여보. 내가 있잖아. 내가 여기 있어⋯⋯."

"보지 마! 저리 가!" 비올렌이 울부짖으며 몸부림치자 에두아르가 그녀를 품에 안았다. "누가 보는 게 싫다고!" 비올렌이 흐느꼈다. "여기서 나가!"

"진정해." 비올렌은 힘을 주어 자신을 붙잡으려 애쓰는 에두아르를 거칠게 밀어내다가 결국 포기했다.

"자기 잘못이야!" 비올렌이 소리를 지르며 손으로 바닥을 마구 내려쳤다.

"그래. 내 잘못이야." 그녀를 진정시키기 위해서라면 무엇이든 할 준비가 되었다는 듯 에두아르가 말했다.

"자기가 내가 그 비행기에 타도록 내버려 뒀어!" 비올렌이 오열하며 말했다. "그러지 말았어야지!"

"그래. 그래." 에두아르가 그녀의 머리를 쓰다듬으며 말했다. "다시는 당신이 떠나게 두지 않을게."

"다시는!" 비올렌이 반복했다. "다시는 날 떠나게 두지 마. 다시는……." 비올렌이 숨을 몰아쉬며 말했다. "절대 날 떠나게 두지 마……."

비올렌은 집에 돌아온 이튿날부터 바로 출판사에 복귀했다. 그녀는 사무실의 문턱을 넘으며 주변을 쭉 한번 둘러보았다. 왁스 칠을 한 마룻바닥, 가루스트 에 보네티의 붉은 카펫, 바퀴가 달린 검은 가죽 회전의자, 커다란 창을 통해 들어오는 빛, 그리고 궂은 날이 잦은 수도 파리에서 살아가기 위한 처방으로 고른, 태양의 느낌이 나는 세련된 노란색 커튼. 온갖 물건이 무질서하게 섞여 있는 책상. 원고, 포스트잇, 각종 서류, 문진, 메일을 인쇄해서 밑줄을 쳐 둔 종이, 볼펜, 지우개가 달린 연필, 벽에 압정으로 고정시켜 놓은 메모들……. "무질서 속에 질서가 있다니까." 그녀가 입버릇처럼 하던 말이었다. 사실 사탕 봉지며 공처럼 구겨 놓은 종이 뭉치 사이에서, 작가와 점심을 먹는 동안 향후 계약 조건이나 빛나는 아이디어 따위에 대해 휘갈겨 놓았던 메모를 찾아낼 수 있는 사람은 오직 그녀뿐이었다.

　따뜻한 숯 향이 건조한 공기를 떠돌고 있었다. 역한 건초 냄새였다. 연초에서 나는 일반적인 냄새. "아니······." 기분이 상한 비올렌이 물었다. "누가 여기서 담배 피웠어요?" 원고 검토부 직원들 모두가 병원에서 그랬던 것처럼 서로를 쳐다보았다. 비올렌이 목발을 짚고 계단을 오를 수 있도록 도와준 파스칼 사장은 사업가다운 냉소적인 미소를 띠고 침묵을 지키다가 그녀를 향해 돌아섰다. "팀장님 말에 십분 동의합니다. 충격적이군요." 누가 들어도 비꼬는 말이었으나 정작 비올렌은 이해하지 못했다. 게다가 사무실과 공공장소에서의 흡연은 2008년부터 전면 금지되었다.

"팀장님 방에서 담배를 피운 사람은 없어요." 마리가 단호하게 말했다.

"아니. 누가 분명히 담배를 피웠다고요." 비올렌 역시 굽히지 않고 응수했다. "역한 담배 냄새가 난다니까."

"자기가 피운 거잖아. 예전부터." 스테판이 말했다. "재떨이 비웠고 라이터도 거기 뒀어."

"담뱃갑은 책상 위에 있고요." 뮈리엘이 스테판의 말을 받았다.

"아, 그래요? 고맙군요." 비올렌이 작게 중얼거렸다. "고마워요······." 그러고는 사무실 안쪽을 향해 돌아섰다.

"본인이 알아서 자취를 더듬어 가도록 그냥 둡시다." 파스칼이 한마디하자 모두가 각자의 자리로 돌아갔다.

비올렌은 문을 닫고 라이터가 놓여진 쪽으로 갔다. 던힐 하나,

듀퐁 둘, 까르띠에 하나. 전부 스테인리스나 금으로 된 것들이었다. 이 물건들을 보니 '데자뷔'처럼 어렴풋하게 어떤 인상이 떠올랐지만 혀끝에서만 맴돌고 기억나지 않는 이름처럼 사라져 버렸다. 라이터 하나를 열어서 부싯돌을 돌렸다. 스테인리스 재질로 된 듀퐁 라이터 뚜껑의 날카로운 소리가 방 안에 울렸다. 푸른색과 노란색의 작은 불꽃. 그녀는 라이터의 뚜껑을 닫았다. 다시 쨍소리가 울려 퍼졌다. 전에 들어 본 적 있는 소리가 분명한데 그 이상은 기억나지 않았다. 이번에는 담뱃갑을 휙 집어 들었다. 벤슨앤 헤지스 골드 100'S. 꿀 향이 나는 하얀 궐련의 냄새를 들이마셨다. 그중 한 개비를 뽑아 입술로 필터를 물고 금장 던힐 라이터를 가볍게 잡았다. 치이익 소리와 함께 담배 끝이 빛났다. 연기를 한 모금 내뿜자 마치 물속에 부은 푸른 우유 같은 구름이 방 안을 채웠다. 순간 비올렌은 병실 창문 앞에서 담배를 피우던 미셸 우엘벡이 떠올라 혹시 안락의자에 프루스트가 앉아 있진 않은지, 페렉이 고양이를 쓰다듬고 있진 않은지, 울프가 혼잣말을 하고 있는 건 아닌지, 모디아노가 정체불명의 금발 아가씨의 귓가에 무슨 말을 속삭이고 있는 건 아닌지 돌아보았다. 하지만 아무도 없었다. 목구멍으로부터 콧속을 지나는 담배 냄새는 불쾌하면서도 '새로운' 느낌이 들었다. 두 번째 모금을 빨고 연기를 삼켰다. 숨이 막힌 비올렌이 허리를 접으며 심하게 기침을 하자 비서인 마갈리가 괜찮냐고 물으며 문을 두드렸다. 비올렌은 눈물이 그렁그렁한 빨간 눈으로 문을 열고는 헐떡이며 물을 한 잔 부탁했다.

어느덧 물컵이 비었다. 비올렌은 안락의자에 앉아 휴대 전화를 뚫어지게 쳐다보다가 전화를 들어 자신의 상담사인 피에르 스탱의 상담소 번호를 찾아 통화 버튼을 눌렀다. "스탱 박사님 상담소입니다." 여자 목소리가 말했다. "안녕하세요. 스탱 박사님 좀 부탁드립니다." "죄송합니다. 지금 손님이 계셔서요. 말씀 전해 드릴까요?" "아니에요. 다음에 다시 걸게요." 그녀가 스탱의 휴대 전화로 직접 전화를 걸자 곧바로 전화를 받았다. 대화 소음과 커피 머신의 수증기 내뿜는 소리가 들려왔다.

"피에르?"

"비올렌."

"혹시 바쁜데 전화한 건가?"

"아니. 카페야."

"피에르…… 나 담배 피우나 봐."

"나도. 나도 담배 피우나 봐. 하루에 한 갑씩. 4년 전부터. 다른 거 뭐 없어? 당신 얘기 좀 해 봐. 잘 지내?"

"……. 내 얘기하고 있잖아, 피에르. 근데 나 담배를 피운 기억이 전혀 없어."

"장난하는 거야?"

"아니야."

"……. 다른 증상도 있어?" 돌연 스탱의 목소리가 건조해지고 불편한 기색마저 느껴졌다.

"응……."

잠시 전화기에서 카페의 소음만 들려왔다.

"오늘 저녁에 들러."

비올렌은 종이에 '담배, 옷, 액세서리'라고 끼적여 보았다. 욕실에서 신경 발작이 있고 나서였다. 그녀는 옷장을 열어 옷을 찾으려고 했다. 회색 치마에 검은색과 빨간색이 섞인 상의를 생각 중이었다. 그러다 주황색 실크 원피스를 발견하고 깜짝 놀랐다. 무늬가 들어간 푸른색 원피스도 마찬가지였다. 그녀는 옷이 걸린 옷걸이를 하나씩 넘기며 이 옷들이 다 어디서 난 건지 떠올려 보았다. 벨트가 달린 연보라색 원피스는 에두아르와 로마에 갔을 때 샀고, 미색 바지는 런던에서, 검은 깃이 달린 회색 코트는 샌프란시스코에서, 어깨끈이 달린 짧은 베이지색 상의는 파리 20구 물물 교환 상점에서 샀다. 그녀의 옷장은 여행, 혹은 출장차 전 세계를 돌아다녔던 그녀의 살아 있는 기억과도 같았다.

주황색 실크 원피스와 무늬가 있는 푸른 원피스가 소파 위에 놓여졌다. 그 위로 스무 벌은 족히 되어 보이는 옷들이 옷걸이에 걸린 채 소복하게 쌓였다. 비올렌은 옷 더미를 응시했다. 마치 스무 명의 여자들이 소파에 층층이 앉아 있다가 갑자기 연기처럼 사라지고 입었던 옷만 남은 듯했다. 그녀는 이 스무 벌의 옷에 대해 아무런 기억도 나지 않았다. 입었던 기억은 물론이고, 옷을 샀을 법한 프랑스나 다른 곳들의 매장에 대한 기억도. 그럼에도 그녀는 불안한 만큼이나 당황스럽기도 한 이 상황에서 우스운 상상을 했다. 장난치기 좋아하는 어떤 악마나 산타 할아버지가 옷장에 사이즈와 취향이 완벽하게 딱 맞는 옷들을 두고 간 게 아닐까 하고 말이다. 액세서리 상자를 열었을 때도 같은 현상이 벌어졌다. 몇몇 반지나 목걸이는 완벽히 기억하지만 나머지는 모르는 것들이었다. 옷장에 정체불명의 원피스를 걸어 둔 손이 액세서리 상자에도 장신구를 한 줌 더해 둔 것 같았다. 산호 귀걸이, 금과 자개로 된 반지, 특히 사파이어가 박힌 은반지는 더더욱 초면이었다.

"에두아르?"

"옷 입는 거 도와줄까?" 에두아르가 문을 열며 말했다. 비올렌은 옷 더미의 맨 아래에 있던 주황색 원피스를 끄집어내서 몸에 대 보았다.

"내가 이 주황색 원피스 입은 거 본 적 있어?"

"그럼. 수십 번은 봤지. 왜?"

"아니. 그냥."

"오래전에 한 사건이 발생했다. 겨울날 오후의 이 시간, 대도시의 카페 테라스에서, 그리고 을씨년스럽고 칙칙한 이 하늘 아래서 결심하노니 곧 모든 빚을 돌려받으리라.

프랑스 시골 마을에서 평화롭게 살아가던 정직한 사람들의 삶과 그들의 삶을 빼앗은 사람들의 삶 이야기를 조금만, 너무 길지 않게 할 시간이다. 나는 죽음의 천사. 이야기의 때에 맞추어 돌아왔노라. 내 얘기를 잘 들어라."

《설탕 꽃들》은 이렇게 시작했다.

camilledesencres@gmail.com

비올렌,

결코 당신에게 해가 되기를 바라지 않습니다.

이 책은 저를 떠나 스스로의 삶을 살 것입니다. 그리고 죽어야 할 이들은 죽을 것입니다. 모든 빚은 돌려받게 될 것입니다.

CD

비올렌의 시선은 인쇄된 종이들을 지나 모니터 속 작가의 마지막 메일로 향했다. 도서 판매량 탭을 열고 순위를 확인했다. 18위에서 15위가 되어 있었다. 벌써 3쇄를 찍었다. 언론도 떠들썩했다. 라디오며 텔레비전이며 카미유 데장크르 없이는 방송이 돌아가지 않을 정도였다. 프랑수아 뷔스넬이 방송에서 그를 '라 그랑드 리브래리*'에 초대하고 싶다는 의사를 밝혔을 때 신중에 신중을 기해 둘러댔어야 했는데, 작가가 매우 기뻐하고 있다, 그러나 당장은 텔레비전에 모습을 드러내고 싶지 않아 한다, 하고 내뱉어 버렸다. 출판사가 확보한 최후의 방어선은 다음과 같았다. 작가님께서 매우 내성적이라 노출을 꺼리세요. 아니요. 출판사 전속 작가가 익명으로 쓴 건 아니에요. 네. 작가님은 곧 얼굴을 드러내실 거예요. 그러고 나면 궁극의 질문이 뒤따랐다. 작가님이 남자인가요, 여자인가요? 그럼 이렇게 대답했다. 곧 알게 되실 거예요.

비올렌은 베아트리스의 검토서를 꺼냈다.

---

* 문학 전문 텔레비전 프로그램으로, 작가를 초빙해 이야기를 나누는 형식으로 진행한다. 프랑수아 뷔스넬이 진행을 맡고 있다.

《설탕 꽃들》

부모를 여읜 젊은 여자가 부모라고 생각했던 이들이 실은 조부모였다는 사실을 알게 된다. 친어머니는 그녀를 낳고 떠났다. 사실 그녀는 집단 강간의 산물이었다. 어머니를 찾아 떠난 그녀는 어머니를 강간한 네 남자를 색출해 한 명씩 살해한다.

이야기는 남성 또는 여성 화자에 의해 기술되나 화자가 주인공 여자인지 또는 사건들의 목격자인지 알 수 없다. 사실 남성인지 여성인지조차 알 수 없다. 책 전체가 하나의 긴 독백이다. 모든 범행에는 전쟁 때의 낡은 권총이 사용되었다. 피해자들을 환상에 시달리고 있다고 믿게 만드는 신비한 힘을 지닌 총이다. 추리 소설의 구조를 빌렸지만 추리 소설이라 할 만한 점은 없다. 종종 찬송가 가사와 유사한 문장이 등장한다. 뭐랄까, 소설 전체가 어떤 임무를 완수하기 위해서 운명을 향해 던지는 탄원서 같다.

이 원고는 살면서 읽었던 가장 독특한 글 중 하나입니다. 충격적이며 계속 머릿속을 맴돕니다. 제 편에서도 '해' 표시를 드립니다. 그러니까 저 역시 마리 씨의 첫 번째 평가에 동의합니다. 마리 씨 말이 나와서 말인데, 아직 그분을 만난 적이 없네요. 조만간 저를 보러 와 준다면 좋겠습니다.

추신 : 제목이 아주 훌륭합니다. 과거 제과 장인들이 만들었던 설탕 공예품이 연상됩니다.

"비올렌 팀장님?" 비서 마갈리가 살짝 열려 있던 문을 노크하며 비올렌을 불렀다. "안내 데스크에서 연락이 왔는데요. 펑크 룩의 젊은 여자분이 왔는데 돌아가려 하지 않는대요. 팀장님이 '프랑스 퀼튀르*'에서 운명에 대해 언급하신 걸 듣고 여성 카드 점술가들에 대한 원고를 보냈다는데요."

"알아요. 여기 있어요." 비올렌은 원고 검토부에서 흔히 볼 수 있는 검은색이나 흰색 스프링을 끼운 하얀 종이 뭉치가 아니라 양피지에 가까운 종이에 쓴 100여 장의 원고에 시선을 돌리며 대답했다. 심지어 그 원고는 대마 실로 철해져 있었다. 이 흥미로운 물건은 비행기 사고가 발생하기 얼마 전 비올렌에게 전해졌다. 전체가 깃펜과 먹으로 쓰인 이 글은 우리에게서 잊힌 타로와, 오늘날 보통 사람들은 잘 모르는 유명한 옛 타로술사들의 역사를 뒤쫓는 내용이었다. 작가는 카린 비잘리라는 여성으로, 깃펜과 색색의 잉크로 본인이 직접 타로 패와 해석을 그렸다. 완성까지 몇 달은 걸렸다는 독특한 원고였지만 소설가를 찾는 원고 검토부 입장에서는 완전히 관심 밖의 주제였다.

"원고를 돌려받고 싶은 걸 거예요. 이거 갖다주세요." 비서가 서류 더미에서 원고를 집어 갔다. 가만히 침묵하던 비올렌은 다시 수화기를 들었다.

---
* 프랑스의 공영 라디오 채널.

"안내 데스크죠? 비올렌이에요. 마갈리가 주술서같이 생긴 걸 펑크족 여자한테 갖다주러 내려가는 중이에요. 셋 다 다시 올려 보내 주세요. 네……. 셋 다. 마갈리, 주술서, 펑크족. 고마워요."

"이건 죽음이죠?" 비올렌이 긴 붉은색 수도복을 입은 해골이 그려진 카드를 가리키며 물었다.

"맞아요. 근데 피했어요. 당신이 겪은 사고 같아요."

비올렌이 작가와 커피를 마시곤 하던 사무실의 낮은 탁자 위에 10분 전부터 카드가 일렬로 놓여 있었다. 그 가운데 몇 장은 뒤집혀 있었다. '펑크족 여자'는 모든 게 과했다. 그도 그럴 것이 카린 비살리는 머리 왼쪽을 삭발했고, 오른쪽을 실로 묶어 늘어뜨리고 진주 장식을 꽂았다. 다만 닭 볏처럼 세운 머리, 옷편 장식에 징이 박힌 가죽점퍼 같은 스타일과는 거리가 멀었다. 그녀는 빛바랜 데님 멜빵바지를 입고 원석 팔찌를 겹겹이 차고 깃털 귀걸이를 하고 있었다. 비올렌은 그녀가 갓 서른쯤 되었을 거라고 생각하며, 손톱을 물어뜯은 흔적이 있는 손으로 탁자에 놓인 카드를 세는 모습을 눈으로 쫓았다. 넷, 다섯……. 카린이 카드를 한 장 뒤집자 18세기 의복을 입은 남자가 침상에 누워 있는 그림이 나왔다. 손에는 가지가 많이 달리고 불이 켜진 커다란 촛대를 들고 있었다.

"조언자. 생각과 비밀스러운 땅의 주관자예요. 당신을 도와주죠. 속 얘기를 할 사람이나 담당 상담사가 있나요?" 비올렌은 시선을 들어 아무 말없이 그녀를 바라보았다.

"계속하세요." 비올렌이 속삭였다.

카린은 "하나, 둘, 셋." 하고 카드 두 장을 뒤집었다. 성의 응접실 같아 보이는 데서 열리는 비밀 집회 그림이었다. 한 장에는 여자들이, 다른 한 장에는 남자들이 모여 있었다. "많은 사람들이 당신 주변에서 분주히 움직이고 있어요. 당신은 모두의 관심의 중심에 있어요." 카린이 새 카드를 하나 더 뒤집었다. 어깨에 보따리를 인 남자가 나왔다. "여행자예요." 카린이 카드 여덟 장을 세더니 모래시계 앞의 여자 스핑크스 카드에 손가락을 짚었다. "누군가가 당신에게 오기까지 아주 긴 여행을 했어요." 카드 한 장을 뒤집자 금화가 가득 찬 상자 앞에 자리 잡은 용이 그려져 있었다. "비밀……." 그녀가 중얼거렸다. "여행자는 비밀을 갖고 있어요. 카드 한 장을 골라 보세요." 비올렌이 손가락으로 카드 한 장을 짚자 카린이 그 카드를 대열에서 가볍게 빼냈다. "이번에는 두 장을 골라 보세요." 비올렌이 두 장의 카드를 가리켰고 카린이 그녀가 고른 카드들을 빼냈다. 첫 번째 카드를 뒤집었다. "나병 환자." 이어서 두 장을 동시에 뒤집었다. "죄수, 여왕."

"이건 아주 특수한 패예요. 신원에 문제가 있네요." 하고 말한 카린은 손가락으로 여행자 카드를 짚었다. "여행자는 신원이 불

분명하고, 여왕 주변을 맴돌고 있어요. 여왕은 당신이죠. 과거와 기억에 문제가 있어요. 다섯, 여섯, 일곱……." 카린이 카드 한 장을 뒤집자 짖고 있는 개 그림이 나왔다. "복수. 여덟, 아홉…… 죽음. 그리고 셋, 남자들의 비밀 집회. 여행자는 남자들에게 위협이 되는 비밀을 갖고 있어요. 그 비밀은 복수를 품고 있지만 여왕은 비껴가요. 어떤 요소들은 망각된 것 같군요. 혹시 기억 상실증에 걸린 사람을 아세요?"

비올렌은 다시 한번 카린을 쳐다보았다.

"출간합시다." 비올렌이 말했다. "예술 서적으로요. 깃펜으로 쓴 주술서의 사본을 뜰 거예요. 아주 아름답겠죠? 계속하세요."

"농담이시죠? 정말 제 원고를 책으로 내 주신다고요?" 카린의 눈이 차오르는 눈물로 빛났다.

"계속하세요. 집중력 흐트리지 마시고요."

"카드를 보지 말고 가져가서 패가 안 보이게 덮으세요." 카린이 코를 훌쩍이며 말했다.

비올렌은 카드 열에서 열세 장의 카드를 한 장씩 빼서 덮었다. 카린이 그 카드들을 뒤집으면서 먼저 있던 카드 열 위에 올려놓자 두 번째 열이 만들어졌다. 비올렌은 여왕 위에 왕의 카드가 놓이는 것을 보았다.

"동반자, 결혼했나요?"

"네."

"이건 그 사람이에요."

"우연히 놓은 건데……." 비올렌이 작게 중얼거렸다.

"우연이란 건 없어요. 패는 확실하답니다. 셋, 넷, 다섯, 연금술사. 여섯, 일곱, 사서. 아홉…… 여왕. 골치 아픈 책이 있나요?" 비올렌은 눈을 감아 보았지만 대답할 거리가 전혀 떠오르지 않았다.

"열둘, 열셋." 계속 카드를 세던 카린이 제복 차림의 팔짱을 낀 남자 카드에서 멈추었다. 관리인이었다.

"관리인?"

"옛날에는 경찰이나 법관을 그리 불렀죠. 여덟, 아홉…… 길. 열하나, 열둘, 비밀. 열셋, 여왕. 관리인이 길을 가고 있네요. 하지만 결국 왕과 여왕이 승리해요. 그런데 이건 뭔지 모르겠어요." 카린이 두 카드를 가리키며 말했다. "남자들의 비밀 집회와 죽음. 어떤 사람들이 죽게 될 것 같아요. 정해진 운명처럼요."

"고마워요, 카린." 비올렌이 심호흡과 함께 말을 뱉었다. "계약서를 준비할게요."

타로술사가 떠나고 비올렌은 담뱃갑을 집어 들어 잠시 응시하다가 쓰레기통으로 던졌다. 그러고는 라이터들을 모아 서랍에 넣었다. 그녀는 목발에 의지해 자신의 방을 나와서 원고 검토부 사무실로 갔다. "괜찮으세요?" 뮈리엘이 물었다. "괜찮아요. 뮈리엘 씨는 어때요?" 비올렌이 미소를 지으며 답했다. "네모뿐이야." 스테판이 한숨을 쉬며 말했다. "초승달 비슷한 것도 없어." "해님은……." 마리가 유감스러운 기색을 슬쩍 내비치며 말을 보탰다. "자긴 불평하지 마. 제일 마지막 해도 찾았으면서!" 뮈리엘이 대꾸했다. 비올렌은 원고에 코를 박고 서로 주거니 받거니 하는 원고 검토부 직원들을 바라보며 또다시 미소 지었다. 그녀의 삶은 실로 여기에—그녀가 모든 것을 시작했던 바로 이 벽과 벽 사이의 방에 있었다. 이것들을 얻기 위해 그녀는 고군분투해 왔다. 자신의 성공은 기적과도 같다고, 에두아르가 만든 서가에 시선을 두며 비올렌은 생각했다. 그렇다. 그녀의 삶은 이 공간과 긴밀하게 연결되어 있었다.

"비올렌 팀장님?" 마갈리가 불렀다. "안내 데스크에서 전화가 왔어요. 경찰인데 팀장님을 뵙고 싶대요."

피에르 스탱 정신 분석 상담소의 대기실은—상담실과 마찬가지로—스탱과 아주 닮아 있었다. 말하자면 세련되면서도 조금 무서웠다. 스탱은 붉은 벽, 깊게 앉을 수 있는 소파, 실크 쿠션으로 상담실을 꾸미고, 오래된 전등을 여러 개 두어 은은한 빛을 더했다. 그의 말에 따르면 붉은색은 환자를 흥분시키는 색이라 대기 후 상담용 침상에 앉았을 때 정신이 완전히 깨어나는 장점이 있단다. 상담실은 대기실보다 훨씬 넓었고 조명은 한층 어두웠다. 벽마다 들어찬 책장 쪽은 빛이 거의 들지 않아 꽂혀 있는 책이나 골동품 들이 자연스럽게 가려졌다. 간혹 신간도 보였지만 대부분은 수 세기 전의 책이었고 이것들이 그를 정신 분석학의 세계로 이끌었다. 예를 들면 히스테리나 여성 색정증에 대한 18세기의 연구 논문들, 늑대화 망상병*이나 주변인들이 똑같은 모습의 다른 사람으로 대체되었다고 믿는 카그라스 증후군에 이르기까지

—————— * 자신이 늑대로 변했다고 믿는 정신 착란 증세.

다양한 정신 장애에 관한 저서들이 있었다. 그는 범죄 도서와 자신의 정신 분석학 연구 논문을 모아 둔, 수백 권은 족히 되는 책이 꽂힌 칸을 특히 자랑스러워했다. 그의 문학적 취향에는 뜨악할지 모르나, 수집가로서의 강박은 자못 무해한 주제인 민속 도예에 쏠려 있었다. 항아리, 단지, 접시 등 너 나 할 것 없이 순수한 도예품들이 상담실 책장과 가구에 그득그득 들어차 있었다. 그중에는 목가적인 풍경 속에서 뛰노는 동물들과 농부, 사제, 도로를 보수하는 인부의 모습들도 있었다. 스탱은 이것을 '매우 안정적'이라고 여겼으며, 아프리카 부족의 가면이나 부두교 조각상 따위로 상담실을 장식하는 정신 분석 상담사들을 못마땅해했다.

대기실에는 잡지 하나 없고 책 몇 권만 덩그러니 있었다. 낮은 테이블에는 플레이아드 총서*판《잃어버린 시간을 찾아서》가 무심하게 놓여 있었고, 톨스토이 작품 한 권과 모파상의 중편 소설집이 있었다. 비올렌은 소파에 앉아서 손끝으로 다리의 반질거리는 금속관 중 하나를 만지작거리면서 탕슈 경위와의 만남을 떠올렸다.

소피 탕슈는 중간 키에 둥실한 편이었고, 짧은 밤색 머리를 하

---

* 1931년 프랑스 문학을 중심으로 출간되기 시작해 현재 650여 권에 이르는 세계 문학 전집. 부드럽고 가벼운 가죽 커버에 책등에는 금박을 입히며, 얇지만 질긴 인디언지를 사용해 비교적 작고 다루기 쉬운 형태로 제작된다.

고 있었다. 비올렌은 그녀가 족히 서른은 되리라 생각했다. 탕슈
는 수년 전에 샀을 법한 검정색 가죽 라이더 재킷을 입고 있었다.
그도 그럴 것이 색이 많이 바랬고 작아서 잘 맞지 않는데도 버리
지 못한 옷을 입은 듯 허리가 꽉 조여져 있었기 때문이다. 이런 경
우 대개는 심리적인 이유가 컸다. "루앙 지방 사법 경찰대* 범죄
수사과 소피 탕슈 경위입니다." 그녀가 자신을 소개했다.

"끝내주네요. 이 방." 탕슈 경위가 사무실을 두리번거리며 말
했다.

"그런 편이죠." 비올렌이 답했다.

"이 노란 커튼 예쁜데요."

"리옹산 실크예요. 남편이 인테리어 디자이너거든요."

"좋네요. 디자이너 남편이라니. 쓸데가 많겠어요……." 탕슈
경위의 말은 그녀의 속마음을 여과 없이 드러내는 것 같았다.

비올렌이 커피를 권했지만 탕슈 경위는 이미 마셨다며 거절
했다. 하지만 이어서 권한 탄산수는 마시겠다고 했다. 비올렌은
자리에서 일어나 생수, 탄산음료, 위스키가 든 작은 냉장고가 있
는 붙박이장으로 향했다. "다치셨어요?" 비올렌이 경위를 돌아보
며 긴 치맛자락을 허벅지까지 들어 올려 다리에 끼운 보정 기구
를 보여 주었다.

─────── * 루앙은 프랑스 노르망디 지역의 주요 도시 중 하나이며, 지방 사법
경찰대는 우리나라의 '경찰청'에 해당한다.

경위가 휘파람 소리를 내며 탄식했다. "차 사고예요?"

"비행기요. 루아시 공항에서 박살 난 비행기에 타고 있었어요."

"네? 두 동강 났다던 그 비행기요?"

비올렌은 이 경찰 앞에서 보모어를 부어 단숨에 마셔 버리고 싶은 마음이 굴뚝같았지만 크게 심호흡을 하는 것으로 만족해야 했다. 그녀는 기포가 보글보글 올라오는 물 두 잔을 가져왔다. 경찰은 자기 몫의 컵에 담긴 물을 한번에 다 마셨다. 비올렌은 컵에 손도 대지 않은 채 대화 상대를 응시했다. 그녀는 작가를 처음 만날 때마다 사용하는 분석표를 탕슈 경위에게 적용해 보았다. 첫인상 : 겸손하고 친절한가, 건방지고 상대하기 거북한가? 몇 달 내에 가까워질 것인가, 몇 년 걸릴 것인가? 똑똑한가? 어디 출신인가? 어떤 계층에 속하는가? 특정 부분에서 거짓말을 하는가? 내성적인가, 아니면 내성적인 척하는가? 믿을 수 있는가? 후속작을 쓸 것인가? 결론적으로 탕슈 경위의 첫인상은 다음과 같았다. 지나치게 친절한 척한다. 속은 내성적이다. 사회의 상류층을 불편하게 여긴다. 지금의 자리에 오르기까지 엄청나게 고생했다. 굉장히 똑똑하지만 티를 내지 않으려 한다. 내면은 행복하지 않다.

"눈동자가 뭐랄까, 굉장한 초록색이네요. 그런 말 많이 들으시죠?" 소피 탕슈가 말했다.

"네."

두 사람의 침묵이 길게 이어지는 가운데 유리컵 안에서 보글거리는 기포 소리만이 조용한 사무실을 채웠다.

"자." 경위가 말을 이어 갔다. "실크 얘기, 눈 얘기, 비행기 얘기도 했으니 지금부터는 제 방문 목적을 얘기하겠습니다."

그녀는 자신의 크로스 백 쪽으로 몸을 숙여 《설탕 꽃들》을 꺼냈다.

"이 책 아시죠?"

"그럼요. 제가 출간한 건데요."

"제가 그걸 읽었고요." 경위가 비올렌의 말을 받았다. "담배 피우세요?"

"아니요."

"사무실에서 담배 냄새가 나길래."

"피우세요, 경위님."

"고맙습니다……." 소피 탕슈가 숨을 크게 내쉬며 말했다. 그러고는 말보로 레드와 빅(Bic) 라이터를 꺼내더니 담배에 불을 붙였다. 그녀는 자신이 내뿜은 담배 연기 속에서 이야기를 이어 갔다.

"비올렌 씨가 펴낸 이 책 속에서 총 네 건의 범죄가 일어났잖아요. 첫 번째는." 그녀는 잠시 말을 멈추었다. "제가 1년 전 맡았던 사건과 요상하게도 닮았습니다."

"작가의 저작물과 범죄 수사 문건 사이에 관계가 있다고 생각되진 않는데요." 비올렌이 맞받아쳤다.

"저는 관계가 있다고 생각합니다." 탕슈 경위는 《설탕 꽃들》

에서 포스트잇으로 표시해 둔 쪽을 펼쳐 큰 소리로 읽었다. "이른 아침 첫 햇살에 무지개색으로 빛나는 접시꽃에 안개가 피어날 때 그곳에 그들이 있을 것이다. 기도하는 모습의 점토 조각상처럼 육신이 이미 뻣뻣하게 굳은 그 둘은 숲속의 공터에 있을 것이다. 나의 첫 번째 제물은 자신의 죄 앞에 무릎을 꿇고 있을 것이다. 이마 정중앙에 박힌 한 발의 총알로 그의 영혼은 악마에게 보내질 것이다. 악마만이 세세토록 그 영혼을 부리리라. 나의 두 번째 재물은 구원의 약속 따위는 찾아볼 수 없는 하늘을 쳐다볼 것이다. 바펜 SS*의 두 개의 's' 자가 음각된 총알이 장전된 루거 P08은 이번 임무를 수행하기에 제격이었다. 비열한 놈들을 죽이기 위한 비열한 놈들의 무기, 더러운 놈들을 죽이기 위한 더러운 놈들의 무기. 이 상스러운 무기가 영광의 길을 가려는 내게 주어졌도다."

"아름다운 구절이네요." 비올렌의 평이었다.

"그렇죠." 경위가 대꾸하고 다시 가방 쪽으로 몸을 숙이더니 파일철을 꺼내 인쇄 용지 한 장 크기의 컬러 사진 하나를 빼냈다.

"삽화도 멋집니다." 소피가 비올렌 앞의 낮은 탁자 위로 사진을 들이밀며 말했다. 사진 속에는 50대가량 되어 보이는 갈색 머리 남성이 있었다. 조깅 복장으로 낙엽 더미 위에 무릎을 꿇은 채 고개가 앞으로 기울어져 있었고, 두 눈 사이에 시커먼 구멍이 뚫려 있었다. 그 옆에 동년배인 듯한 금발 남성이 역시 운동복을 입

---

* 2차 세계 대전 때 활동했던 나치의 무장 친위대로 노르망디 전투에 투입되었다.

94

고 같은 자세를 취하고 있었다. 남자의 머리는 뒤로 젖혀져 있었고, 안구가 돌출되고 아래턱을 쩍 벌리고 있었다. 하늘을 쳐다보는 남자의 얼굴은 공포에 질린 것 같았다. 이마에는 시커먼 구멍이 나 있었다.

"첫 번째 사람의 이름은 세바스티앙 발라르." 경위가 다시 이야기를 시작했다. "루앙 근처 노르망디에 '토르'라는 나이트클럽을 소유하고 있어요. 아버지한테서 물려받은 거고요. 두 번째는 다미앙 페르쇼드. 부르크빌이라는 소도시의 공증인이에요. 둘은 고등학생 때부터 알고 지낸 사이로 매주 일요일 아침에 함께 조깅을 했어요. 이날은 코스를 완주하지 못했죠. 1년 전 일입니다. 주변인 심문도 하고 과학 수사, 용의자들의 시간별 행적 분석 등 별의별 짓을 다 했었죠."

사진을 뚫어지게 응시하던 비올렌의 눈길이 소피 탕슈의 손에 가 닿았다. 탕슈 경위는 약지를 문지르면서 둥근 녹색 보석이 박힌 금반지를 살살 빼내고 있었다. 경위는 반지를 탁자 위 자기 잔 앞에 내려놓았다. 손가락에 반지 자국이 남았다.

"세바스티앙 발라르는 자신의 나이트클럽을 이용해 마약 밀매에 가담했습니다. 물건은 코카인과 엑스터시였죠. 그곳을 자주 드나드는 매우 의심스러운 무리가 있었습니다. 클럽은 세 차례나 문을 닫아야 했지만 그때마다 그는 잘도 빠져나갔습니다. 친구인 페르쇼드는 건물 지분을 소유하고 있었어요. 마약 밀매 현장에서의 조직 간 싸움에 대해선 경찰이 여전히 수사 중이에요. 유일하게 밝혀내지 못한 부분이죠. 제 말 듣고 있습니까, 르파주 씨?"

최면이라도 걸린 듯 반지에서 눈을 떼지 못하던 비올렌이 가까스로 고개를 들었다.

"네. 듣고 있습니다, 경위님. '유일하게 밝혀내지 못한 부분'이라고 하셨죠."

"어쨌든." 소피 탕슈가 계속했다. "사건 파일은 비어 있는 상태입니다. 중소 범죄 사건 중에서 용의자 몇을 체포하긴 했죠. 근데다 풀어 줬어요. 다른 마약 공급처와 노르망디에 공급망을 여러 개 가진 루마니아 조직 보스들도 용의선상에 있었는데 말입니다. 협박 편지도 없고, 핸드폰에 의심스러운 통화 내역도 없고, 범죄 현장에 남겨진 유전자도 없습니다. 수사는 말 그대로 교착 상태에 빠졌어요. 그러다 당신의 책이 나왔고…… 그 책이 제 수사 방식에 근본적으로 다른 관점을 제시해 줬습니다."

비올렌은 아무 말없이 그녀를 지켜보았다. 경위는 이야기를 이어 나갔다.

"사실, 사건에 고등학교 때부터 붙어 다니던 친구 사이인 네 명의 남자가 관련돼 있습니다. 사망한 세바스티앙 발라르와 다미앙 페르쇼드 말고 둘이 더 있습니다. 마르크 푸르니에. 부르크빌 전(前) 시장의 아들이고 현재 택시 운전사예요. 마지막으로 피에르 라카즈. 요리사이고 10년 전 로스앤젤레스로 건너가서 프랑스 음식 레스토랑을 열었다가 얼마 전에 귀국했어요. 8월부터 파리에 있는 르 루이 18세 레스토랑에 나가고 있답니다." 탕슈 경위가 담배를 빨고 재떨이에 재를 떨었다. "당신이 출간한 책에 따르면 두 명의 인물이 더 죽어야 합니다. 택시 운전사, 그리고 요리사."

경위가 잠시 말을 멈추었다.
"주목할 만한 점이 또 있습니다……."
"뭔데요, 경위님?" 비올렌이 시선을 사진에서 반지로 옮기며 낮게 중얼거렸다.
"발라르와 페르쇼드는 바펜 SS를 뜻하는 's' 자 두 개가 새겨진 루거 P08 권총을 맞고 사망했습니다. 문제는 이 부분이 언론에 한 번도 공개되지 않았다는 겁니다. 그러니 귀 출판사 소속 작가인 카미유 데장크르의 연락 정보를 넘겨줄 것을 요청하는 바입니다."

"얼굴 보니 좋네." 피에르 스탱이 비올렌을 끌어안으며 말했다. 회백색 머리에 사흘 동안 고상하게 기른 턱수염이 더해지니 세르주 갱스부르와 점점 더 닮아 가는 것 같았다. 몇 년 전까지만 해도 어렴풋한 인상만 있을 뿐이었는데 이제는 묘하게 그를 따라 하는 듯한 느낌마저 들었고, 희미하게 조절해 둔 상담실의 불빛이 그런 느낌을 더욱 확고히 해 주었다. 비올렌은 상담용 침상에 몸을 쭉 뻗고 기대어 누웠다. 침상 역시 상담실 인테리어의 테마 컬러라 할 수 있는 빨간색 캐시미어가 씌워져 있었다. 피에르가 샴페인 한 병과 잔 두 개를 꺼내 왔다. "내 와인 바에 온 걸 환영해." 그가 말했다. "생존자로 귀환한 걸 위해 건배하자고." 샹파뉴 살롱 2007이었다. 병마개를 날려 보낸 그가 잔을 채워 비올렌에게 건넨 다음 그녀의 잔에 쨍 소리를 내며 자기 잔을 부딪혔다. 그러고는 다시 안락의자에 자리를 잡았다.

두 사람은 기포가 올라오는 값비싼 액체를 맛보았다.

"정말 맛있네." 비올렌이 말했다.

"그럼. 샹파뉴 살롱 2007인데." 피에르가 당연하다는 듯 입을 삐죽이며 대꾸했다. "한 병에 자그마치 500유로나 한다고."

"겁 떨어지게 너무 그러지 마. 우리 출판사에서 나가는 저작권료 정도만 마실게." 비올렌이 받아쳤다.

피에르는 조용히 웃기만 하며 한동안 시간을 흘려보냈다.

그가 입식 재떨이로 다가가 담배에 불을 붙이자 피어오르는 생각처럼 담배 연기가 주변을 둘러쌌다.

"난 내가 흡연자였는지 전혀 몰랐어." 비올렌이 먼저 입을 열었다. "피우고 싶은 생각도 전혀 들지 않아."

"잘된 거 아닌가……."

"아, 그 입 좀 다물어. 또 이상한 점은 내 옷의 4분의 1가량에 대해서 아무런 기억이 나지 않는다는 거야. 액세서리도 마찬가지고."

피에르가 샴페인을 한 모금 마셨다.

"예를 들면?"

"주황색 원피스가 있는데 엄청 예뻐. 문제는 난 그걸 산 기억이 없다는 거야. 근데 에두아르는 내가 그 원피스를 입은 모습을 여러 번 봤대."

피에르가 노트북을 열었다. "계속해 봐." 그가 부추겼다.

"액세서리는…… 아무런 기억이 없는 반지랑 귀걸이가 몇 개씩 있어. 정말 하나도 기억이 안 나. 누가 거기 갖다 놓은 것만 같아. 무서워, 피에르. 다른 기억도 잊었을까 봐 무서워."

"뇌 MRI 사진은 찍어 봤어?"

"다 정상이야. 겉으로 보기엔."

"그 주황색 원피스, 혹시 보테가 베네타 거야?"

"응. 어떻게 알아?" 비올렌이 의자에서 몸을 일으키며 물었다.

"'옷들에 대해 아무런 기억이 없다'라." 피에르가 담배 연기를 뿜으며 같은 말을 반복했다. "액세서리에 대해서도? 담배도 기억이 안 나고. 담배를 하루에 한 갑 이상 피우던 사람이……. 이거 좀 매력적인걸." 그가 미소를 지으며 말했다.

"뭐가 매력적이라는 거야?"

"뇌 말이야, 비올렌. 그 미로가 매력적이라고……." 피에르는 속삭이며 손가락 사이에 낀 담배를 우아하게 이리저리 굴리다가 재떨이에 올려놓았다. 담배 연기가 천장을 향해 수직선을 그리며 올라갔다. 그가 책상 서랍 하나를 열어서 뭔가를 꺼냈다. 그러고는 비올렌에게 돌아와 침상 옆에 있는 안락의자에 앉았다. "이건?" 그가 물으며 손바닥에 반지를 한 움큼 올려놓았다. 대부분 준보석이나 보석 장식이 있는 금반지와 은반지 들이었다.

비올렌은 그의 손바닥 오목한 곳에서 빛나는 반지들을 바라보았다. "그게 뭔데?" 그녀가 조금 두려운 듯 물었다.

"어떤 건지 몰라?"

"몰라. 그 보석들은 다 어디서 난 건데?"

피에르는 다시 한번 미소를 지었다. 그는 "매력적이야."라고 중얼거리며 자리에서 일어나 방 한가운데에 선 채로 샴페인 잔을 단숨에 비웠다.

"비올렌." 그가 말했다. "당신은 병적 도벽 환자야. 몇 년 전부터 당신이 나한테 보석을 가져왔어. 난 그걸 내 책상 서랍에 모아 놨어. 당신은 계속 도둑질을 했어. 원피스도 훔친 거고. 상담 시간에 당신이 말해 준 거야. 당신이 아주 자세하게 설명해 줬어. 난 빠짐없이 기록해 뒀고. 까르띠에랑 던힐에서 물건을 훔쳤을 때는 당신을 찾으러 경찰서까지 갔어. 당신이 고소당하지 않도록 편지도 수십 장 썼어. 당신이 가장 두려워하는 건 에두아르에게 도벽을 들키는 거야. 근데 당신은, 그러니까…… 그 모든 일이 기억나지 않는구나."

"거짓말 마!" 비올렌이 소리쳤다.

"거짓말 절대 아니야!" 흥분한 피에르 스탱이 다시 책상으로 가서 아예 서랍을 빼 왔다. 그리고 서랍째로 비올렌의 무릎에 올려놓았다. 그 안에는 조잡한 물건부터 비싸 보이는 정교한 물건까지 수십 가지 장신구가 있었다.

"당신이 나한테 가져온 것들을 좀 보라고. 당신은 한 달에 두 번 가까이 나에게 '선물'을 했어."

비올렌은 손가락으로 보석들 사이를 훑다가 눈을 들어 피에르를 보고 고개를 저었다. "미안한데 전혀 기억나지 않아. 모든 게 지워졌어, 피에르."

"그게 매력적이란 거야!" 그가 서랍을 가져가며 소리를 질렀다. "당신은 특이한 연구 대상이야."

"그래서, 설마 내가 이걸 다 훔친 건 아니지?"

"아니. 맞아." 피에르가 간결하게 대답했다. "섹스는?" 그가 한 치의 망설임 없이 잇따라 물었다.

"'섹스'가 뭐?"

"성적으로 말이야. 어느 쪽이야? 기억나?" 그가 질문하며 담배를 들었다.

"좀, 피에르, 에두아르와의 생활이 어떤지 당신한테 절대 말 안 할 거야. 머리가 어떻게 된 거 아냐? 내가 지금 관계를 가질 정신이 있다고 생각해? 내 꼴 안 보여?"

"그런 말이 아니야……. 됐다. 이건 다음번 상담 주제로 하고." 피에르가 잠시 침묵했다가 입을 뗐다. "과오."

"'과오'? 무슨 소릴 하는 거야?"

"비올렌, 당신 뇌가 말이야. 과거의 나쁜 버릇과 과오를 망각해 버렸어. 액세서리, 옷, 담배."

비올렌은 뭐라 할 말을 찾지 못하고 반사적으로 재킷 주머니에 손을 넣어 손가락 끝으로 둥근 보석이 박힌 금속 반지를 더듬었다. 탕슈 경위의 반지였다. 그녀는 눈을 감고 깊은 한숨을 내쉬었다.

"피에르, 경찰이 출판사에 왔었어. 두 남자의 사진을 보여 줬는데 《설탕 꽃들》에 나오는 것처럼 머리에 총을 맞아 죽었어. 피에르, 사실 나 그 남자들 알아."

2부

Le service
des manuscrits

"말씀 많이 들었습니다." 샤를이 출판사 내 집무실에서 비올렌을 맞으며 내뱉은 첫 마디였다. 20년도 더 전의 일이었다. 샤를은 말 끝마다 습관적으로 미소를 지으며 비올렌에게 소파 자리를 권하고 자신도 자리에 앉았다. 은발이 군데군데 섞인 금빛 머리칼을 손으로 쓸어 넘기자 한 타래의 머리칼이 다시 이마 위로 떨어졌다. 그가 짧은 콧수염을 무심하게 쓰다듬었다. 수염 때문에 영국인 대령 같은 분위기가 풍겼다. 예순을 바라보는 나이의 샤를은 선대에 설립된 출판사의 4대 경영인이었다. 출판 가문에서 태어나 그 세계의 모든 출입문과 철책, 여타 회전문을 열 수 있는 각종 열쇠며 통행증이며 비밀번호가 죄다 그의 것이었다. 등 위로 긴 머리를 내려뜨린 비올렌은 갓 스물을 넘긴 나이였음에도 언행이 제법 섬세했고 초록색 눈동자는 앞으로의 길을 가는 데 있어 분명히 장점이 될 터였다. "제가 아는 바가 맞는다면, 베르나르가 노르망디에서 당신을 데려왔다고요? 그러게 루앙 출장을 가길 얼마나 잘했습니까! 저는 소속 작가들이 서점의 초청 행사에 응하도록 항상 장려하고 있답니다." 샤를이 의미심장한 미소를 띠며 말했다.

당시 비올렌은 루앙의 한 대형 서점에서 평일에는 반나절, 주말에는 종일 아르바이트를 했다. 때로는 일하는 시간과 대학 현대 문학 강의 시간을 이리저리 겹쳐 잡아야 했다. 대학의 맹점 한가지는—또, 그게 특권이랄 수도 있겠지만—학생에게 관심을 두지 않는다는 것이었다. 출석부에 적힌 이름들이 계단식 강의실에 오든 말든 어느 누구도 비난하지 않고, 부모에게 연락이 가지 않으며, 아무도 찾지 않으니 말이다. 제재가 들어가는 경우는 학년이 끝날 때가 되어 기말고사에서 일정 점수를 얻지 못하거나 몇번 없는 시험에 나타나지 않을 때뿐이었다.

대학은 레이더망을 벗어나기에 이상적인 장소였다. 몰래 빠져나가서 사라지기에.

'판매 직원 모집. 안내에 문의 바람.' 비올렌은 유리문에 테이프로 붙여진 공고를 보고 서점에 들어갔다. 간단한 면접을 보고나서 채용이 결정되었고 그다음 주부터 일을 시작했다. 월급과 이런저런 수당을 합치면 궁색하나마 루앙 구 시가지에 있는 한 건물의 지붕 밑 협소한 방에서 살 수 있었다. 머지않아 비올렌에게 '작가와의 만남' 업무가 맡겨졌다. 그녀는 책 읽는 속도가 빠르고 작가들과의 대화를 좋아했다. 작가들 역시 대부분은 서점 측 초

빙으로 참석한 저녁 행사에서 예쁘고 어린 아가씨가 생글거리며
의전해 주는 것을 좋아했다.

　베르나르 바이예는 역사 소설로 성공을 거둔 작가였다. 그는
역사 사건뿐만 아니라 일상생활을 묘사하는 장면들도 치밀한 조
사를 거쳐 집필했다. 덕분에 독자들은 앙리 4세 시대의 파리, 뮈
라 시대의 나폴리 등을 배경으로 한 줄거리를 따라가며 그 시대
에 관한 교양을 덤으로 쌓을 수 있었다. 그리고 이것이 바로 그가
명성을 떨치게 된 결정적인 이유였다. 다만 이 명성은 부당한 면
이 없잖아 있었다. 비밀 유지를 대가로 학부생들에게는 푼돈을,
역사 자문가들에게는 거액의 보수를 주고 아예 팀을 만들어 일
을 대신하게 했기 때문이다. 독자들은 영원히 알지 못할 이러한
작업 비밀을 이 작가와 거래하는 유일한 출판사는 용인하고 있었
다. 친절하고 거만한 여자 낚시꾼 베르나르 바이예는 저녁 시간
에 열린 책 증정 행사의 방점을 찍기 위한 한마디를 날렸다. "저
녁 같이할래요?" 비올렌을 향한 말이었다. 비올렌은 제의를 받아
들였다. 둘은 라 쿠론 레스토랑에서 저녁 시간을 보낸 후 루앙의
길거리를 걷다가 마치 우연인 듯 호텔 앞으로 이끌렸다. 작가가
묵고 있던 호텔이었다.

　2시간 후 커다란 침대의 베개 더미에 털썩 누운 바이예가 담
배를 피웠다. "넌 이상한 여자야. 모든 점에서 꽤 특별해. 파리에

살지 않다니 안타깝다. 본격적으로 만나 볼 수도 있었는데."

"절 데려가세요." 비올렌이 욕실로 향하며 말했다.

"공부는 어쩌고? 일은?"

"대학 국문과요? 그까짓 국문과가 절 어디로 데려가 줄 수 있겠어요? 그렇다고 교수는 되기 싫고요. 서점이요? 평생 거기서 일하진 않을 거예요. 절 데려가고 싶지 않으세요? 샤워하고 옷 입으면 준비 끝. 떠나는 거예요." 될 수 있는 한 침착하게 말했지만 눈빛 저 깊은 곳에서는 분명한 도발이 느껴졌다.

"월급이 얼마야? 사는 곳은 어디지?" 새로 생긴 애인을 다음 날 가지고 갈 짐 가방에 넣어 갈 생각에 현혹되어 게임판에 뛰어들고만 바이예가 받아쳤다.

비올렌은 얼마 되지 않는 월급을 밝히며 본인이 사는 곳을 '쥐구멍만 한 아파트'라고 표현했다.

"쥐구멍만 한 아파트라. 살 만한 다른 데를 알아보지. 돈이라면 나한테 다 생각이 있어." 그러고는 담배를 한 모금 빨고 시간을 보내다가 물었다. "혹시 원고 검토부가 뭐 하는 덴지 아니?"

샤를은 줄곧 의미심장한 미소를 띠며 비올렌을 응시하고 있었다. "베르나르가 당신을 원고 검토부에 취직시켜 주라고 하더군요. 한 자리가 비어 있긴 해요. 원고를 읽어 본 적이 있나요?"

비올렌은 없다는 의미의 사인을 보냈다.

"원고 검토부의 목적은 좋은 글을 찾는 거지만⋯⋯ 그게 다는 아니에요." 그가 다시 한번 콧수염을 쓰다듬으며 말했다.

"그러면요?" 비올렌이 물었다.

"그러니까……." 샤를이 서두르지 않고 말을 이었다. "다른 경쟁 출판사들이 베스트셀러 목록을 차지하고 있는 꼴을 보는 건 매우 거북스러운 일이에요. 게다가 우리 출판사에도 접촉을 했었던 원고인 걸 알면 더욱 그렇죠……."

"……여기서는 그다지 흥미롭지 않다고 여겨서 계약하지 않았다는 말씀이시죠?"

"이해가 빠르군. 좋습니다. 최근 들어 그런 일이 너무 자주 일어났어요." 그가 부루퉁하게 말했다. "문학적 품질과 상업적 잠재력 사이를 저울질하는 일종의 탐지기를 장착하고 있어야 하죠. 설정 값이 명확하지 않다는 건 저도 인정합니다. 서점에서 일해 보셨으니 아마 무슨 말인지 다른 분들보다 더 잘 이해하시겠지요."

"무슨 말인지 잘 알겠어요."

"그렇다면." 그가 부드럽게 말했다. "당신을 내게 보낸 베르나르가 옳았군요." 그러고는 비올렌의 두 눈을 뚫어지게 바라보았다. "낚시를 나가야 진주를 캐는 법." 그가 얼굴에 웃음기를 띠며 말했다. 긴 침묵이 이어지다가 그가 다시 말을 이었다. "솔직히 말하죠. 당신같이 예쁜 아가씨가 뭐가 아쉬워서 베르나르 바이예에게……?"

비올렌은 천장을 보며 대답할 말을 찾는 듯한 표정을 짓다가 다시 샤를 사장의 눈을 쳐다보았다.

"그이는 절 파리로 데려올 수 있었어요. 돈도 있었고요."

"이렇게 솔직할 데가! 마음에 드는군!" 그는 탄성을 연발했다. "그 사람이랑 잔 것도 단지 그 이유 때문인가요?"

"네." 비올렌은 침착하게 대답했다. "원하시면 당신과도 잘 수 있어요."

샤를은 눈을 동그랗게 떴다가 크게 웃음을 터뜨렸다. "당신을 매우 사랑하게 될 것 같은 느낌이 드는군요, 르파주 양. 육체적으로는 말고." 그가 덧붙여 말했다. "비밀을 하나 말해 주죠. 대단한 비밀은 아니지만." 그는 비올렌 쪽으로 몸을 숙이고 그녀의 귓가에 속삭였다. "난 남자를 좋아해요."

"아쉽네요. 당신이 베르나르보다 훨씬 잘생겼는데."

"고마워요, 예쁜 아가씨." 만족스러워진 샤를이 화답하며 이마에 흘러내린 머리카락을 바로 했다.

원고 검토부의 평가 표식 작업은 빠르게 비올렌의 일상이 되어 갔다. 수없이 많은 네모와 초승달을 표시하는 가운데 해가 하나 씩 나타났다. 이 해는 출간이 되고 나서도 찬란하게 빛이 났고, 샤를을 아주 기쁘게 했으며, 동시에 출판사의 통장 잔고를 두둑하게 해 주었다. 당시 비올렌이 원고 검토부에 온 것을 두고 반감을 드러내는 부서원은 한 명도 없었다. 비올렌은 베르나르 소유의 원룸에 거주했다. 그곳은 그가 가끔씩 부인, 자식들과 떨어져 글을 쓰러 오는 공식적인 장소였다. 비올렌이 파리에 온 이후로 그가 조용히 일을 하고 오겠다고 하는 때가 훨씬 잦아졌다. 이런 생활이 1년 정도 지속되었을 무렵 베르나르와 비올렌의 관계가 악화되기 시작했다. 베르나르는 비올렌이 빌붙어 먹고 살면서 주야장천 돈타령만 한다며 비올렌을 비난했고, 비올렌은 자기를 재미보기용으로 수도원에 가두었다며 베르나르를 힐난했다. 결국 둘의 관계는 파국으로 치달았다. 베르나르가 비올렌더러 두 달 내로 집을 나가라고 한 것이었다.

"원고 검토부에도, 파리에도 더는 머무를 수 없게 됐어요. 루앙으로 돌아가겠습니다." 어느 날 아침 비올렌이 샤를에게 선언했다.

"어림없는 소리." 조금의 동요도 없이 단호한 샤를의 대답이었다. "후원자를 잃었나?" 그가 콧수염을 쓸며 물었다.

"그런 셈이죠." 비올렌이 에둘러 말했다. "근데 다른 것보다 이 도시에서 사는 비용이 너무 많이 들어서요. 여기서 살 방법이 없어요, 사장님. 일할 데를 찾지 않는 이상……."

"여기서 얻었잖아." 그가 그녀의 말을 자르며 대꾸했다.

"이걸론 먹고살 수 없어요. 잘 아시잖아요. 집세 내는 건 더더욱 못해요."

"내 집에 와서 살아." 샤를이 단정적으로 말했다. 그러고 나서 다시 편지 쓰는 일에 몰두했다.

"네?"

"75평." 그가 고개도 들지 않고 말을 이어 갔다. "복층 구조에 센강과 학사원*이 보여. 마음에 들려나? 혼자 살기엔 너무 넓어. 4분의 1 정도 되는 공간을 너한테 줄게. 오후에 시간 내서 미용실 좀 가. 어깨 정도 오는 단발머리가 더 잘 어울릴 것 같으니."

비올렌은 말문이 막혀서 그저 샤를을 쳐다보기만 했다. 반론을 허용하지 않겠다는 듯한 말보다 그가 그런 말을 내뱉으면서

---

* 프랑스 최고의 학술 기관으로 고전적인 건축 양식과 커다랗고 높은 돔으로 유명하다.

보인 평온함이 더 경악스러웠다. 마치 오래전부터 이 대화를 준비해 온 것 같았다. 그는 편지를 마무리하며 굽이치는 서명을 하기 위해 종이 위에서 오른손을 몇 차례 이리저리 우아하게 움직였다. 그러고는 비올렌을 향해 시선을 들었다. "네가 뭔가를 해 줄 때가 왔어, 비올렌."

샤를은 작가를 선택하는 것과 같은 맥락으로 딸 하나를 고른 셈
이었다. 그는 이런 식으로 경쟁 출판사의 작가들도 빼내 왔다. 이
방식은 대체로 잘 먹혔지만 그렇지 않을 때도 가끔 있었다. 작가
가 기존에 거래하던 출판사와 그곳의 담당 여성 편집자를 떠나지
않겠다고 고집을 부릴 때는 샤를의 수표첩으로도, 도서 소개 카
달로그의 원하는 위치에 책을 노출해 주고 홍보를 확실히 해 주
겠다는 약속으로도 충분하지 않았다. 오찬을 마무리하면서 다들
사이좋게 악수를 나누며 조만간 또 보자고 약속을 했음에도 불구
하고 말이다. 하지만 이런 영입 제안을 거절한 작가들 몇몇은 몇
년 후에 '알겠다'는 답을 보내오기도 했다. 이렇듯 계획은 유동적
이고 모든 일은 언젠간 가능해진다. 샤를은 운명의 바람이 몰아쳐
들어오도록 모든 문을 약간씩 열어 두는 미묘한 예술에 능했다.

샤를은 결혼을 했었고 전 부인과의 사이에서 딸 샤를로트를
낳았다. 그때의 삶은 이미 끝장난 지 오래였다. 아버지가 돌아가

신 후 출판사의 유일한 후계자였던 샤를은 새로 얻은 지위에 기대어 자신의 삶을 재정비하기 시작했다. 먼저 그는 남자를 좋아한다는 폭탄선언을 했다. 곧바로 이혼을 통보받았고, 전 부인은 매달 가져다주던 풍족한 돈보다 훨씬 큰 액수의 양육비에도 불구하고 남편을 두 번 다시 보지 않았으며, 딸을 그로부터 멀리 떼어 놓기 위해 할 수 있는 모든 노력을 다했다. 그의 전 부인은 원하던 것 이상의 성공을 거두었다. 사춘기 딸이 부모와 프랑스를 벗어나 독립된 삶을 살고자 엄마와도 점점 멀어져 갔던 것이다. 샤를로트는 발리에서 남미를 거쳐 베트남까지 배낭여행을 하면서, 부모와 멀리 떨어진 위도의 땅에서 파티에 드나들고 불법 판자촌에서 아무나 만나는 삶을 이어 갔다. 또 레이브 파티*의 전자 음악에 맞추어 새벽까지 춤을 추는가 하면, 그렇지 않은 시간은 각양각색의 마약을 투약하며 흘려보냈다. 파리에는 1년에 두세 번 정도 들러 부모와 — 물론 각각 돌아가며 한 번씩 — 점심을 함께했다. 주된 목적은 돈이었다. 어느 순간부터 양쪽 부모는 딸에게 돈을 어디에 쓸 건지 묻기를 포기해 버렸다. 그러다 이와 같은 존재 방식이 마침내 그녀의 육신을 제압했다. 어느 날 아침 세상 끝의 한 해변에서 맥주 캔과 주사기가 널브러진 가운데 샤를로트는 의식 불명인 채 발견되었다.

---

* 테크노, 하드코어 등 전자 음악에 맞추어 집단적인 흥분 상태에서 춤을 추는 파티.

"실패했군." 샤를은 특유의 냉정함을 잃지 않고 딸의 행적에 대해 이렇게 일축했다. 아파트 입구에 짐 가방을 내려놓았을 때 미올렌은 영원히 이곳에 머물게 되리란 것을 믿어 의심치 않았다.

비올렌은 반나절씩 아르바이트를 하며 머무르던 루앙의 서점에서 출판계의 심장부로 파고들었다. 게다가 샤를의 아파트라니. 이건 문학의 흐름을 좌우하는 요지에 사는 셈이었다. 그리하자고 딱히 정한 적도 없지만 둘은 당황스러우리만치 자연스럽게 아파트에서의 생활 방식을 정착시켜 갔다. 아파트 아래층의 절반은 비올렌의 공간이었고, 나머지는 샤를의 것이었다. 더불어 위층과 테라스로 통하는 전용 계단도 샤를이 차지했다.

둘 중 누구도 상대방의 수수께끼에 관심을 두지 않았다. 평온한 현재를 위해 상대방의 비밀의 정원이라든가 과거의 유령을 존중하는 생활 방식은 그들의 독특한 연대를 더욱 끈끈하게 해 주었다.

비올렌은 한 번도 노르망디를 생각하지 않았고 그곳에 가는일도 없었으며 샤를은 이에 대해 어떠한 질문도 하지 않았다. 또 샤를도 딸이나 부인에 관해서는 그와 비슷한 언급조차 하지않았고, 아주 어쩌다가 한 번씩 '에르베' 이야기를 할 뿐이었다.

에르베는 벽난로 위에 장식된 아르쿠르* 사진관에서 찍은 흑백 사진 속 주인공이자 샤를의 평생의 연인으로 남을 사람이었다. 그 연인은 10년 전 자살을 택하고 말았다. 그 사건 이후 샤를은 지극히 고독한 삶을 영위했고, 무료함을 달래기 위해 1년에 대여섯 번 에스코트 보이들을 불렀다.

그렇게 은둔하면서, 또 문학계를 드나들면서 8년의 시간이 흘렀다. "네가 누구와 자든 상관없지만 출판사 작가들은 여기 데려오지 마. 여긴 우리가 사는 곳이니까." 샤를이 경고해 둔 말이었다. 비올렌은 정부(情夫)가 여럿이었고 개중엔 비교적 오래가는 사이도 있긴 했으나 샤를의 말은 반드시 지켰다. 몇몇은 비올렌을 유혹하기 위해 진땀을 뺐으며, 그 8년 동안 그녀를 거쳐 간 어떤 작가도 그녀를 깊이 안다고 거들먹거릴 수 없었다.

문인 사회는 도저히 있을 법하지 않은 이 한 쌍을 뜨악함이 섞인 호기심으로 바라보았다. 출판계의 고인 물들은 샤를의 성향을 대놓고 암시하며 그의 새 애인을 비웃었다. 일한 지 얼마 되지 않은 사람들은 잘은 모르되 비올렌을 샤를의 딸, 부인, 정부, 조카, 때로는 인턴쯤으로 여겼다.

동거한 지 4년째 되던 해에 비올렌이 원고 검토부에서 다섯 번째 해를 찾아냈을 때 샤를이 말했다. "네가 직접 출판 일을 해

---
* 1934년 파리에 문을 연 사진관으로 영화배우를 비롯해 각종 유명 인들의 흑백 인물 사진으로 유명하다.

봐. 편집자가 되는 거지. 이제 준비가 됐어. 가자. 라 쿠폴 레스토랑에서 축하 파티나 하자고."

그는 문학계를 그가 가진 거대한 수족관에 비유하곤 했다. 위층 서재에는 길이 3미터, 높이 1.5미터짜리 수족관이 있었는데, 60마리는 족히 되는 물고기들이 무중력 공간에 있는 것마냥 물속을 떠다녔다. 비올렌과 샤를은 가끔 저녁 식사 후에 느릿느릿 움직이는 생물체들이 만들어 내는 고요한 정경 앞에서 녹색 빛 샤르트뢰즈*를 마셨다. "저것들을 잘 봐. 다 같은 높이에서 헤엄치는 게 아니야. 한 높이에서 수평으로만 헤엄치는 종은 20센티미터 위나 아래에서 헤엄치는 종과는 결코 마주칠 수 없어. 얘네들은 꼭 우리 작가들 같아." 샤를이 설명했다. "작가들은 판매량과 명성의 높이에 따라 헤엄치지." 그는 어떤 물고기들에게 출판사 소속 작가들의 이름을 붙여 주기도 했다. 이들보다 더 작고 몸이 파란색으로 반짝이며 배가 빨간 형광 물고기들은 서로 텔레파시를 주고받으며 고안해 낸 듯한 짜임새 있는 안무에 따라 떼를 지어 몰려다니며 왼쪽과 오른쪽으로, 위와 아래로 구름처럼 선회했다. "이놈들은 원고 검토부의 작가 지망생들이라고 할 수 있지." 샤를이 씩 웃으며 말했다. "다 비슷하게 생겼지만 분명히 튀는 놈이 하나 있어. 근데 그놈을 어떻게 찾아낼까? 군중 속에서 그 한

─────── * 샤르트뢰즈 수도원의 수도사들이 다양한 약초를 원료로 해서 만든 녹색 또는 노란색의 도수 높은 술.

명을 알아보는 게 출판 사업 기술의 전부야. 안 그러니, 비올렌?"
비올렌은 그의 말에 동의했다. 어떤 물고기들은 해초와 수풀 사
이에 때로는 몇 시간, 심지어는 며칠씩 숨기도 했다. "애네들은 집
필 중인 거야. 세상으로부터 숨어서 일을 하니까 당최 볼 수가 없
어." "우리 작가들처럼요." 비올렌이 또박또박 응수했다. 샤를은
자신이 만든 게임에 들어와 한마디 던지는 비올렌을 보니 왠지
흐뭇한 마음이 들었다.

모두의 이목을 집중시키는 화려한 물고기들은 고요하고 이기
적으로 살아갔다. 각자 자기 공간에서 자기 역할만 수행하며 동족
들과는 거의 마주치는 법 없이 두꺼운 유리 벽 뒤에서 곧게 나아가
거나 선회하는 궤적을 하루에도 수천 번씩 그렸다. 모든 물고기가
뭐 그리 바쁜지 종일 움직여도 부족한 것처럼 보였다. 어떤 물고
기들은 이따금씩 미스터리처럼 자취를 감추었다. 병들었거나 경
계를 늦추는 바람에 밤사이 다른 물고기에게 잡아먹힌 것이었다.
샤를은 수족관에서 완전히 자취를 감춘 물고기를 사러 1년에 두
세 번 전문 상점에 갔다. 한 번도 키워 본 적 없는 종에 대해서 누
군가 말하는 것을 듣고서 사 보기도 했다. 물과 공기를 빵빵하게
채운 투명한 비닐봉지를 들고 돌아온 그는 새로 사 온 물고기들
을 수조에 풀어 주며 팔딱대는 첫 몸짓을, 아니, 실은 이 녀석들이
새로운 환경에 얼마나 잘 적응하는지를 홀린 듯 바라보곤 했다.

그 수족관은 이제 텅 비어 있었다. 대신 비올렌이 여행지나 골동품점에서 가져다 채워 놓은 조개껍데기들이 형광등에 반사된 자개 빛을 아롱거리고 있었다. 그것을 오래 응시하고 있노라면 물속 한가득 이리저리 다양한 속도로 헤엄치는 물고기들이 보였다. 자신이 샤를에게 묻는 소리도 들렸다. "저는요? 저는 수족관 어디쯤 있어요?" 샤를은 항상 이렇게 대답했다. "머지않아 알게 될 거야."

샤를의 물고기들처럼 고요하지만 탐욕스럽기도 한 다른 편집자들은 비올렌의 편집자 임명을 조심스럽게 받아들였다. 환영파들은 세대 교체라 평가했고, 극도의 신중파들은 사장이 헛발질을 한 게 아닌가 해서 기다렸다. 그러나 번복은 없었다. 비올렌은 좁고 창문 하나 없는 사무실이나마 자신만의 공간을 가지게 된 것이 기뻤지만 한편으론 검토자 자리를 떠나기가 못내 아쉬웠다. 실은, 자유롭게 정한 근무 시간 동안 봉투에서 막 꺼낸 원고의 처음 몇 페이지를 넘기며 저자의 문체, 재능, 마력을 가늠하던 독서 시간이 그리웠다. 처음 출간한 소설 두 편은 대중의 반응을 크게 이끌어 내진 못했지만 전문가들의 호평을 받았다. 편집자로서의 입지를 다지고 나자 비올렌은 출판사로 보내오는 원고들을 직접 받았다. 안타깝게도 대부분은 네모에 그쳤고 드문드문 초승달이 나타날 뿐이었다. 원고에 좀처럼 나타나지 않는 해는 초여름 하늘 높은 곳에 걸린 채 머물러 있었다.

매주 목요일 의식 중 하나로 비올렌은 점심시간이 끝나기 직전에 뤽상부르 공원을 홀로 거닐었다. 산책을 끝내고 돌아올 때는 샤를이 일주일에 한 번 두 경기씩 아는 교수님이나 라켓 다루는 실력이 비슷한 지인과 테니스를 치는 테니스장에 들렀다. 비올렌은 철책에 다가가서 그를 향해 손을 까닥였다. 그러면 샤를은 비올렌이 거기 있어 놀랐다는 듯 눈썹을 한번 들썩이고 곧이어 어떻게 하나 지켜보란 듯 라켓을 크게 휘둘렀다. 그는 언제나 흰색과 물색이 들어간 옷을 정갈하게 입고 스포츠 밴드로 머리카락을 고정시켰다. 그날도 비올렌은 습관처럼 쇠창살 사이로 손짓을 해 보였다. 샤를은 놀라는 척하며 라켓을 크게 휘두르고 베이스라인을 향해 움직였다. 서비스. 포핸드. 백핸드. 포핸드. 득점. "브라보!" 비올렌이 손뼉을 치며 소리쳤다. 샤를은 씩 웃고 다시금 위치를 잡았다. 포핸드. 포핸드. 백핸드. 네트를 향해 쇄도. 그리고 깔끔하고 정확한 동작으로 상대방의 공을 낚아 발리를 날리자 공이 흰 선 위로 비스듬히 떨어졌다. 득점. 샤를은 이번 서비스로 매치 포인트를 얻기 위해 베이스라인에 섰다. 그는 바닥에 공을 여러 번 튀긴 다음 공중으로 던지면서 몸을 뒤로 뻗쳤다가 등 뒤에서부터 유연하게 라켓을 회전시키며 강하게 타격했다. 불시에 그의 동작이 그대로 멈추었다. 노란 공은 또 하나의 태양처럼 푸른 하늘 위에 정지한 것 같았다. 그리고 털썩 샤를이 쓰러졌다.

구급대원들은 그를 살리기 위해 필사적으로 노력했다. 그 옆에 사색이 되어 꿇어앉은 비올렌은 전기가 흐르는 심장 충격기의 손잡이가 의식을 잃은 사장의 가슴팍을 흔드는 것을 지켜보았다. 실패. "이러다 죽겠어, 제길!" 맥박을 확인하던 구급대원 하나가 숨을 몰아쉬며 소리쳤다. "젠장, 마뉘, 전압 더 올려!" 다른 대원이 말했다. "빌어먹을, 제이피, 이미 올린 거 안 보여?" 비올렌은 몇 걸음 떨어져 테니스 코트의 흰 선 위에 책상다리를 하고 앉았다. 샤를이 마지막으로 공을 날려서 득점한 자리였다. 비올렌은 손가락을 테니스 코트 바닥에 칠해져 있는 페인트로 가져갔다. 그러다 머리를 두 무릎에 파묻고 몸을 움츠리며 눈을 감았다. 여름날의 바람이 구급대원들의 말소리를 정원의 저 끝으로 실어 보낸 듯 소리가 멀리서 아득하게 들려왔다. "이봐, 누가 저분 딸한테 말할 거야?" "카림, 네가 하는 게 어때?" "왜 맨날 지예요……." "그나마 네가 말을 잘하니까." 소란 끝에 적막이 감돌았고 그건 결론이 났다는 뜻이었다. 비올렌이 기척을 느끼고 고개를 들자 두터운 신발과 무릎을 꿇고 앉은 어떤 사람의 실루엣이 어른어른했다. 눈을 살짝 떠 보니 짧은 갈색 머리에 다정한 모습의 한 청년이 어두운 낯을 하고 있었다. 딱 보아도 그녀보다 훨씬 어린 듯했다. 청년은 비올렌의 손 위에 자신의 손을 얹었다.

"무슨 말씀을 전해 드리러 왔는지 짐작하시겠죠……? 죄송합니다. 아버님을 살리지 못했습니다. 아버님은 돌아가셨어요. 위로가 될는지 모르지만 그래도 고통 없이 가셨습니다……. 많이 힘드시죠. 압니다. 거참, 재수가 없어도 이렇게 없다니."

비올렌이 고개를 끄덕였다. "그러니까요. 재수가 없어도 이렇게 없나." 구급대원은 몇 분 동안 한마디도 하지 않고 그녀 곁에 머물러 있다가 목소리를 가다듬었다. "누구라도 부르셔야 해요. 이대로 계속 있을 수는 없습니다."

비올렌은 노키아 휴대 전화에서 샤를의 비서인 테레즈의 번호를 찾아 눌렀다.

"비올렌 팀장님!" 휴대 전화 속의 테레즈가 명랑하게 외쳤다. "회사에서 사장님을 찾고 있어요. 같이 계세요?"

"테레즈……." 비올렌은 목이 메는 소리로 입을 뗐고 이내 눈물을 쏟았다.

"오, 하느님……." 테레즈가 작게 중얼거렸다. "지금 어디 계세요?"

출판사의 상징과도 같았던 샤를 사장이 갑작스럽게 세상을 뜬 이후 협력사인 립리브르는 특별 이사회를 열고 출판사를 이끌어 갈 단기 전략을 수립했다. 임시 사장이 임명되었고 유언장이 공개되었다. 샤를은 립리브르의 사장을 소환해 출판사의 지휘를 맡도록 했고, 두 명의 문학 및 편집 총괄은 계속해서 결정권을 행사할 것이라고 했다. 그런데 1년 전 새로운 조항이 생겼다는 사실이 드러났다. 그의 사후에 비올렌 르파주는 서열 3위의 편집자가 될 것이며, '원고 검토부 책임자' 직위를 부여받아 원고 검토부를 이끌 것이고, 출판사 창립 이래 해당 직위가 존재한 적은 없으나 자신의 의지로 신설한다는 내용이었다.

이 조항이 전 직원 앞에서 발표되자 한 차례 큰 충격이 일었다. 어떤 이들은 비올렌을 빌어 샤를의 '일부'가 지속될 수 있으니 다행이라고 생각했지만, 또 어떤 이들은 '왕세자비'—사람들은 비올렌을 이렇게 불렀다—가 이제는 출판사의 핵심 부서 중하나인 원고 검토부를 좌지우지하는 권력을 명실공히 쥐게 되었다며 불편함 이상의 기색을 내비쳤다. 비올렌의 부서장 임명안이 이사회에서 과반수 득표를 받아 발효되던 순간, 그녀는 홀로 사무실 하나에 들어가 문을 잠그고 샤를의 휴대 전화를 꺼내서 연락처 목록 색인이 'M'에 이를 때까지 화면을 넘겼다. 비올렌은 시신을 영안실에 안치하고 개인 용품을 유족에게 넘기는 과정에서 샤를의 휴대 전화를 챙겨 두었다.

샤를은 휴대 전화에 옛날에 사망한 작가들의 이름과 성을 등록하고 손이 가는 대로 숫자를 눌러서 전화번호를 부여해 저장해 두는 엉뚱한 버릇이 있었다. 그렇게 만들어진 엄청나게 방대한 연락처 목록에는 프랑스 출판계를 비롯해 전 세계 출판사 관계자의 4분의 1이 들어 있었으며, 그 밖의 이름들—기 드 모파상 : 06 78 65 45……, 구스타브 플로베르 : 06 56 33……, 샤를 보들레르, 앙드레 브르통, 에밀리 브론테, 루이-페르디낭 셀린, 스콧 피츠제럴드, 빅토르 위고, 조리스-카를 위스망스, 로트레아몽, 피에르 로티, 아나이스 닌, 조르주 페렉, 마르셀 프루스트, 조르주 상드, 조르주 심농, 스탕달, 버지니아 울프 등—도 있었다.

샤를은 따분하기 그지없거나 염세적인 기분이 들 때면 이름을 하나 골라 눌렀다. 그러면 화면에 기 드 모파상에게 전화 걸기라고 뜨고, 신호음이 여러 번 울리다가 어떤 목소리가 응답했다. "여보세요?" "기, 자넨가?" 샤를이 물었다. "잘못 거셨어요." 목소리가 답했다. "미안합니다. 실례했습니다." 그러고는 전화를 끊었다. 짧지만 화면에 작가의 이름과 전화번호가 뜨는 그 몇 초 동안 히스테리에 가까운 기쁨이 가득 차올랐다. 그는 전화를 끊은 즉시 그 번호를 지우고 새로운 번호를 입력했다. 언젠가 '또 다른 모파상'에게 전화를 걸기 위해서였다. 같이 생활한 지 여러 해가 지나자 샤를은 이 기행을 비올렌에게도 넌지시 알려 주었고 비올렌은 열광적인 관심을 보였다. 1년에 몇 번씩 둘은 이것을 '친구들 목록'이라고 부르며 놀았다. 저녁 식사 중에, 혹은 택시에 둘만 타고 있을 때 샤를이 갑자기 비올렌을 향해 "친구 하나 부를까?" 하고 물으면 비올렌은 "좋아요." 하고 대답했다. "골라 봐." 샤를이 근엄하게 명했다. "랭보에게 걸어요." 그녀가 제안했다. 샤를은 연락처 목록을 쭉 넘기며 시인의 이름을 찾아 06으로 시작하는 번호를 찾아 눌렀다. 그 순간 그의 눈빛은 부모가 금지한 장난을 치려는, 또 그 사실을 알고서 한껏 즐기는 아이처럼 반짝였다. 비올렌은 불행하게도 무작위로 누른 번호의 주인공이자 성가신 일을 겪을 사람의 목소리를 듣기 위해 샤를의 곁에 바짝 붙었다. 통화는 언제나 짧거나, 아니면 샤를이 긴 음성 메시지를 남기는 것으로 끝이 났다. 물론 두 번 다시 그 번호로 전화를 거는 일은 없었다.

하늘이 어두웠던 그날은 비올렌이 출판사에 대한 지배력을 가지게 된 기념비적인 날이자 샤를의 시대가 끝난 기점이기도 한 날이었다. 비올렌은 속 얘기를 할 '친구'에게 전화를 걸고 싶었다. 그녀는 《잃어버린 시간을 찾아서》의 작가 이름을 찾아 눌렀다. 화면에 마르셀 프루스트에게 전화 걸기가 떴다. 여러 번의 신호음 끝에 이윽고 "여보세요?" 소리가 늘렸다.

"마르셀?" 비올렌이 물었다.

"네. 접니다." 감미로운 목소리가 답했다.

비올렌은 순식간에 전화를 끊어 버렸다. 며칠 후 샤를의 변호 사가 그녀를 불러 담당 공증인에게 가 보라고 했다. 운명의 장난 처럼, 뤽상부르 공원의 테니스장이 창밖으로 보이는 파리 6구의 한 사무실에서 비올렌은 자신이 샤를의 상속인임을 알게 되었다. 그의 아파트와 재산은 2년 전 그가 직접 손으로 쓴 마지막 조항 에 따라 비올렌에게 귀속되었다. 샤를의 전 부인이 소송을 걸었 지만 좀처럼 결론이 나지 않자 샤를의 형제 하나가 나서서 합의 를 해 주었다. 샤를과 친족 관계가 아니었던 비올렌은 꽤 많은 상 속세를 내야 했으나 이제 막 서른이 된 그녀가 남은 인생을 살아 가기에 충분한 안전망을 얻은 셈이었다. 8년 전 여행 가방을 내려 놓았던 그 아파트가 이제는 그녀의 소유가 되었다.

그로부터 몇 달 후 원고 검토부의 서가를 바꾸기로 한 비올렌 을 만난 에두아르가 그녀와 악수를 하며 넋이 나간 목소리로 이 렇게 말했다. "당신이 이런 모습일 거라고 상상조차 못했습니다."

소피 탕슈가 깊은 한숨을 토해 냈다. 마침 한 과학 수사관이 자동차 열쇠를 돌렸고, 엔진의 소음이 멎으면서 전조등이 꺼졌다. 자동차는 현장에 도착한 새벽 5시부터 계속 웅웅거렸고 공기 중에는 배기가스가 그득했다. 이 르노 자동차가 시동이 걸렸을 때부터 먹어 치운 기름이 몇 리터나 될까? 한 통은 족히 들었겠다고 생각하던 소피는 갑자기 자기 차도 주유할 때가 되었고, 참기 힘들 정도로 삐걱대는 오른쪽 와이퍼도 갈 때가 되었음을 떠올렸다. 그러다 이런 잡생각들을 머릿속에서 쫓아내고 눈앞에 있는 일—비포장길, 숲 입구, 자동차, 시신—에 집중했다.

현장에 방사능이라도 누출된 모양으로 남녀 과학 수사관들이 수술 중인 외과 의사처럼 머리까지 덮는 방호복에 마스크까지 착용하고 부지런히 움직였다. 범죄 현장에서 뇌의 경계를 최대치로 올리다 보면 탕슈 경위는 자기도 모르게 의미 없는 세부 사항들에 집중하면서 현실 사건으로부터 저만치 멀어지는 현상을 겪었다. 대개는 지극히 일상적인 일에 지배당하는데 이번에는 주유와 와이퍼였다.

"감사!" 소피가 외치자 마스크 위로 눈만 보이는 새하얀 차림의 과학 수사관이 엄지를 치켜올리며 자기도 이 빌어먹을 시끄러운 엔진을 꺼 버리니 한결 낫다는 듯한 사인을 보냈다. 한 젊은 여자가 똑같은 흰 옷을 입은 채 디지털카메라로 현장을 촬영하며 천천히 움직이고 있었다. 그녀는 시신 주변을 따라 돌면서 한쪽 발을 반대편 발 앞으로 내밀며 피사체를 건들지 않도록 극도의 조심성을 유지했다. 소피는 그녀의 이름이 발레리였는지, 아니면 비르지니, 그것도 아니면 나탈리였는지 도무지 기억나지 않았다. 그녀는 다른 동료들이 혈흔을 채취하는 동안 범죄 현장을 영상으로 남기는 역할을 담당했다. 그녀가 만든 영상은 언세나 매우 아름다웠다. 느린 움직임으로 현장을 정확하고도 끔찍하게 담아냈다. 사람들이 말하기로 그녀는 영상 사본을 따로 남아 두고, 바버의 '현을 위한 아다지오'나 데이비드 린치의 영화 '멀홀랜드 드라이브'의 주제곡으로 쓰인 안젤로 바달라멘티의 음악처럼 최면에 빠질 듯한 배경음을 삽입한단다.

새벽 4시 40분에 핸드폰이 울린 통에 기분 나쁜 꿈에서 헤어나온 소피는 그게 무슨 꿈이었는지 금세 잊어버렸다.

"또 시작됐대." 말리에 국장이 간결하게 말했다.

"이번은 택시죠?" 소피가 베개를 박차고 일어나며 물었다.

"그렇대. 거, 무슨 대회에 나갔다는 책 쪼가리에 관한 자네의 추측 말이야. 반드시 작가부터 붙잡아서 데려와야 돼. 농담이 아니라 그래야 위에다 보고를 할 수 있어, 소피. 나 퇴직 두 달 남았다. 38년간 경찰 노릇하다 퇴직까지 60일 남았는데 무능하다고 내쫓기는 신세가 될 순 없잖아. 알겠나?"

"잘 알겠습니다, 국장님."

"알랭이 그쪽으로 가는 중이야. 도중에 자네를 태워 갈 거야."

소피 탕슈가 비올렌에게 카미유 데장크르의 연락처를 물어본 지 일주일이 지났다. 비올렌은 반질반질한 마룻바닥을 오랫동안 응시하다가 고개를 들고 경위를 보았다.

"없습니다. 저도 그분이 누군지 몰라요." 비올렌이 털어놓았다.

"지금 절 놀리시는 겁니까?"

"그럴 리가요. 저도 이메일 주소밖에 몰라요. 카미유 데장크르는 답장을 안 하고 있는 상태고요."

"《설탕 꽃들》의 작가에 대한 신상 정보를 전혀 모르신다?"

"네. 계약서도 우편으로 주고받았어요. 만난 적은 한 번도 없습니다. 이 책이 공쿠르상을 받게 된다 해도 작가가 없어서 받으러 갈 수 없을 거예요. 그렇게 되면 제 편집자 경력도 그날로 끝날 거고요, 경위님."

"르파주 편집자님, 문학상 얘기를 하자는 게 아니고요. 이건 범죄예요. 살인 사건이란 말입니다."

"저로선 도움을 드릴 수가 없습니다. 저도 어쩌지 못하고 있는데요……." 비올렌이 할 수 있는 대답은 이것뿐이었다.

탕슈 경위는 짧은 머리를 재빨리 빗고 욕실에도 들르지 않은 채 곧바로 옷을 꿰입었다. 그러고는 부엌에서 커피를 데웠다. 이 집은 부엌, 거실, 방, 침대 등 모든 게 너무 컸다. 둘이나 그 이상도 살 수 있는 집이었기 때문이다. 이곳에 사는 건 더 이상 아무 의미가 없었지만 소피는 차마 집을 내놓지 못했다.

소피의 경찰대 파트너인 알랭 마사르는 도로를 달리면서 발견된 시신에 대해 브리핑했다. 그의 말인즉슨, 아버지 차를 몰고 나간 18세 소년이 밤샘 파티에서 만난 한 소녀를 새벽 4시경에 현장으로 데려갔다고 했다.
"차에서 어자애를 자빠뜨리려고 했넌 것 같아."
"알겠어. 감사." 소피가 대꾸했다.
"아무튼." 알랭이 말을 이어 갔다. "걔들이 거기까지 갔는데, 전조등이 켜진 그 고물 차랑 그 앞에 꿇어앉은 그림자를 우연히 본 거야. 근데 돌아갈 생각도 하지 않고 남자애가 차에서 내려서 가까이 가 봤대. 그러고는 17*에 신고 전화를 했고."
"본인도 놀랐을 텐데?"

———————— * 우리나라의 112와 같은 프랑스의 경찰 신고 번호.

"아니. 요즘 애들 알잖아. 인터넷에서 온갖 범죄 드라마를 다 찾아본다고. 여자애가 운이 좋았지. 녀석이 하려던 짓을 못했으니까. 뭐, 한번 따먹어 보려고 했다가 결과적으로 여자애한테 완전 영웅이 돼 버린 거 아냐."

소피는 입을 앙다물고 눈썹을 치켜올렸다.

"진짜야, 소피. 시체 앞에서 셀카를 찍었다면 아마 인스타그램에 올렸을걸?"

"그만해, 알랭. 제발!" 소피가 말을 뚝 끊었다.

"그쪽 세계는 알고 싶지 않아."

"닥치겠습니다……, 매그레 반장님. 그 매그레 소설* 말인데." 그가 말했다. "주말에 다시 읽어 봤거든. 아주 그냥 케케묵었던데? 요즘 시대에 그런 게 말이 되나? 유전자랑 휴대 전화만 감식하면 40쪽쯤에서 다 해결될 사건이더구먼." 소피는 침묵을 지켰다. "네가 말하는 그 소설,《설탕 꽃들》이랑 편집자 얘기를 아직도 믿는 거지?"

"응." 소피는 짧게 대답하고 입을 굳게 닫아 버렸다.

소피는 가죽 재킷 주머니에서 빨간 말보로 담뱃갑을 꺼냈다. 그러고는 라이터로 담배에 불을 붙이고 한 모금 쭉 빨아들였다.

---

* 벨기에 작가 조르주 심농(1903~1989)이 쓴 유명 추리 소설. 육중한 체격에 중산모를 쓰고 파이프 담배를 문 주인공 매그레 반장은 사건에 숨은 진실과 인물들의 심리를 파헤치는 수사를 펼친다.

첫 모금이 폐를 한 바퀴 돌자 혈관 속 피의 흐름이 순식간에 빨라지는 느낌이었다. 정말이지 담배는 세상에서 가장 망할 놈의 요물이었다. 하지만 한탄두 잠시, 소피는 담배 없이 도저히 살 수 없을 것 같았다. "경위님!" 흰 방호복을 입은 남자 하나가 호통을 쳤다. 소피는 손을 들어 미안하다는 표시를 하고 뒤로 물러섰다. 범죄 현장 근처에서 담배에 불을 붙이다니. 과학 수사관들은 미세 입자가 여기저기 날리고 담배꽁초를 함부로 버리는 경우도 많기에 흡연 행위를 극도로 싫어했다. 소피는 조금 더 멀리 떨어진 곳으로 가서 나무 그루터기에 앉았다. 그리고 가방에서《설탕 꽃들》을 꺼내 '3'이라고 쓴 분홍색 포스트잇을 붙여 둔 쪽을 펴고 담배를 피웠다.

"밤. 인간이 비워진 숲이 살아나는 시간이자, 가축이든 야생 짐승이든 오로지 동물들만이 땅을 다스리는 시간. 먹잇감도 포식자도 저마다의 역할을 시작한다. 아침 녘이면 피가 말라붙은 패자들을 헤아린다. 오늘 밤 숲속에는 한 패자가 있을 것이다. 자동차 전조등 불빛 속에 무릎을 꿇고 이마에 구멍이 난 한 인간이. 그가 도로에서 뭉개 버린 수많은 고슴도치, 뱀, 고양이의 영혼이 그의 주변을 떠돌 것이다. 그는 그 고슴도치가 되고, 뱀이 되고, 고양이가 될 것이다. 왜 거기에 있게 되었는지는 스스로가 잘 알고 있을 것이다."

소피는 눈을 감았다가 뜨면서 다시 범죄 현장을 바라보았다. 택시는 숲 초입에 세워져 있었다. 전조등 앞에서 4미터 정도 떨어진 곳에 대머리의 50대 남성이 검정색 청바지와 카키색 셔츠 차림으로 꿇어앉아 있었다. 남성은 사후 경직으로 인해 마치 조각상처럼 굳어 있었다. 머리는 앞으로 기울어져 있었고, 두 눈 사이에 시커먼 구멍이 나 있었다. 입아귀 양쪽으로 흘러서 말라붙은 핏자국을 보니 총알이 인두나 성대문을 관통하면서 상해를 입혔음이 분명했다. 택시 운전사인 마르크 푸르니에는 부르크빌 전 시장의 아들로 전날 저녁에 마지막 손님을 내려 주었다. 소피는 휴대용 재떨이 삼아 가지고 다니는 작은 잼 병 속에 담배를 넣어 껐다. 그러고는 일어나서 시신에서 몇 걸음 떨어진 곳으로 갔다. 시신의 얼굴은 체념한 듯한 표정을 짓고 있었다. 1년 전 그의 두 친구 세바스티앙 발라르와 다미앙 페르쇼드가 공포에 질린 표정을 지었던 것과는 딴판이었다. 개인 택시 운전사. 이혼 경력도 자식도 없고, 그가 직접 한 말에 따르면 사냥과 차에만 관심 있는 남자다. 그는 크롬강(鋼)과 밸브에 열광하는 열 명 남짓한 사람들이 모여서 만든 소규모 튜닝 동호회의 회원이었다. 1년 전 살인 사건이 발생한 후 소피는 그를 만나러 간 적이 있었다. 그는 얼이 빠져서 계속 절레절레하며 "말도 안 돼."라고 중얼거렸다. 멈출 기미를 보이지 않는 그의 반복 행동에 짜증이 날 정도였다. 마르크 푸르니에가 모자란 사람처럼 부정의 말만 되풀이하며 소통을 단절해 버린 탓에, 소피는 그를 심문하는 과정에서 아무것도 얻어 내지 못했다. 그는 대체 무엇 때문에 두 친구가 살해되었는지 전혀 감을 잡지 못했다. 소피는 마지막으로 주고받은 질문을 떠올렸다. "혹시 협박당하는 것 같은 느낌이 드세요, 푸르니에 씨?" 그는 어리둥절한 얼굴로 또박또박 말했다. "제가요? 누구한테서요?"

소피는 시체의 흐리멍덩하고 움직임 없는 눈을 응시했다. 시체는 무당벌레 한 마리가 올라앉아 휘어진 풀잎을 관찰하는 것처럼 보였다. 소피가 손가락을 가져다 대자 볼록한 벌레가 조심스럽게 올라탔다. 소피가 주황색 딱지날개 위 검은 점 세 개를 헤아렸을 때 무당벌레가 날아올랐다.

지방 사법 경찰대 동료인 알랭이 소피 옆에 쭈그려 앉았다. 그가 한숨을 쉬더니 손가락으로 푸르니에의 머리를 가리켰다.

"저 안에 살해 장면이랑 음성, 동기, 살인범, 모든 게 다 들어 있는데. 들어가 볼 수 없다는 게 문제지만."

"내 말이." 소피가 낮게 중얼거렸다. "그래서 짭새를 만든 게 아니겠어? 같은 무기 맞지?"

"응. 총알은 목덜미의 셔츠 깃 아래로 빠져나왔어. 루거 P08은 이번에도 찾을 수 없고. 휴대 전화도 마찬가지야."

"가자." 소피가 한숨을 뱉으며 말했다.

"택시를 부른 발신 번호를 보니 잠수함이야."

소피는 고개를 끄덕였다. '잠수함'이란 저가 휴대 전화 단말기를 가리키는데 담배 가게나 인터넷에서 몇 유로 하는 일회용 카드를 사서 일련번호를 넣고 충전할 수 있었다. 마약 밀매상들은 정기적으로 이런 전화를 쓰다가 길거리 쓰레기통에 버려서 처리했다. 몇 주 동안 수사를 벌인 성과라고 해 보아야 고작 휴대 전화 판매자를 알아낸 데 불과했다. 게다가 벌써 수개월이 지난 거래라 판매자의 기억이 가물가물한 데다 현금 장사가 관행이라 추적이 더욱 어려웠다.

"유전자 감식은?" 소피가 물었다.

"과학 수사관들이 진행 중이야. 택시에 남은 유전자라서. 나머지 네 상상에 맡길게. 못해도 수십 종은 나오겠지. 머리카락, 털, 손톱까지 동물원이 따로 없을걸."

"유전자는 나오지 않을 거야." 소피가 단정 지으며 말했다. "적어도 우리에게 필요할 만한 건. 휴대 전화도 없잖아. 아무것도 안 나올 거야." 소피가 일어서며 이렇게 결론지었다. "이봐, 알랭, 심농은 계속해서 나아가고 있어. 소설은 40쪽에서 멈추지 않아."

"감동적이군." 알랭이 웃으며 받아쳤다. "우리가 찾아야 하는 게 정확히 뭐야?"

"우리는…… 카미유 데장크르를 찾아야 해." 소피는 담뱃갑에서 새 담배를 꺼내 라이터를 켰다. "남자일까, 여자일까? 작가이면서 남자 살인범, 혹은 여자 살인범일 수도 있어. 뭔진 모르지만 이 모든 일은 어떤 이상한 장소에서부터 시작된 거야. 바로 아직 존재하지 않는 책들을 읽으며 보수를 받는 사람들이 있는 아홉 평짜리 방이지."

"그게 대체 어딘데?"

소피는 푸른 연기를 뿜어냈다.

"원고 검토부."

햇살이 나뭇가지를 통과하면서 생긴 빛의 얼룩들이 바람에 따라 움직이며 뤽상부르 공원의 마른 바닥을 수놓았다. 비올렌은 겨울이 다가오며 파리에 차가운 공기가 드리우기 시작하는 11월 초의 나날들을 좋아했다. 이즈음엔 도시의 하늘이 푸르른 때가 더러 있었다. 반면 편집자들의 하늘은 구름이 빽빽하게 끼고 광풍이 불었으며 때로는 번개가 쳤다. 3개월 가까이 지속되는 문학상 시즌 동안 일어나는 기상 변화는 보름 치 일기 예보보다 더 불확실투성이이며 편집자 개개인은 자기만의 국지성 기후를 겪기 십상이었다. 예를 들면 몇몇에게는 예상하지 못한 판매고를 올리는 태양이 빛났고, 나머지는 처참한 실적으로 얼음장같이 차가운 비가 내렸다.

비올렌네 출판사의 사정도 다른 출판사들과 별반 다르지 않았다.《호수들의 겨울》은 르노도상 경쟁작에 잠깐 이름을 올렸다가 순식간에 사라져 버렸고,《불행의 자화상》은 아카데미 프랑세즈상 마지막 심사에서 떨어졌고,《약속》은 더는 페미나상 심사 대상이 아니었다. 오직 《설탕 꽃들》만이 경쟁을 견뎌 내며 공쿠르상 후보 목록에 남아 있었다. 정오경이면 비올렌은 심사 위원으로부터 최종 경쟁작 네 편에 선정되었는지 여부를 전화 통화나 문자 메시지로 알게 될 예정이었다. 바로 오늘이 심사 위원들과 베르나르 피보 위원장이 최종 경쟁작으로 뽑힌 소설들을 AFP 통신에 발표하는 그날이었다. 수상자는 정확히 7일 후 한 세기 전부터 내려오는 전통에 따라 드루앙 레스토랑 2층에서 최종 표결을 통해 결정될 것이었다. 출판사, 작가, 담당 편집자가 공쿠르상을 수상하느냐 마느냐의 문제는, 월드컵 결승 진출을 꿈꾸는 축구팀 감독, 코치, 국가에 비견될 만한 이슈였다. 물론 전 세계 텔레비전 시청률은—공쿠르상 역시 전 세계에서 모여든 카메라로 생중계되긴 하지만—좀 덜하다. 결과 발표가 1시간 앞으로 다가오면 점점 뜨거워지는 취재 열기와 가이용 광장의 유명 레스토랑 앞에 설치된 위성 중계용 접시 안테나들을 보는 것만으로도 1시간 후에 건물 안에서 무슨 일이 벌어질지 짐작할 수 있었다. 결과가 나오기 전에는 1층에 모인 언론인, 문학 평론가, 초청자 들의 기다림과 예측만이 감돌았다. 선거일 저녁 정당 본부에서 볼 수 있을 법한 기대감이었다. 그러고 나면 사무총장이 계단을 내려와서 득표수를 공개하고 수상자를 발표했다. 이후엔 새로운 기대감이 형성되었다. 곧 수상자가 등장하기 때문이었다. 떼를 이룬 사진 기자들과 마이크를 흔들어 대는 라디오 및 텔레비전 리포터 무리가 빚어내는 혼잡을 막기 위해, 수상자는 출판사가 제공한 자동차에서 내리자마자 레스토랑 입구까지 40미터가량 되는 거리를 경찰 공무원들의 에스코트를 받았다. 남은 건 정신없는 혼란, 통제 구역 통과, 정식 취재, 인터뷰 요청, 샴페인, 행복에의 도취뿐. 수상자가 레스토랑 2층 창문에 나타나면 인도에 대기하고 있던 사진 기자들이 일제히 셔터를 발사하며 전투가 끝났다.

20년의 출판사 경력 기간 동안 비올렌은 이런 일을 세 번밖에 겪어 보지 못했다. 게다가 그 가운데에 자신이 출간한 책은 한 권도 없었다. 레스토랑의 열기와 달리 출판사 사무실의 시간은 정지해 있었다. 최고 경영자, 편집자, 작가는 흥분해서 서로를 노려보며 전화가 울리는지, 또는 울리지 않는지 기다렸다. 문학상의 위신이 높은 가장 큰 이유라 하면, 발행 부수와 판매 부수가 폭발적으로 증가한다는 점이었다. 수상작은 평균적으로 최소 40만 부가 팔리고 그보다 더 팔릴 때도 있었다. 문학상 결과가 발표되는 즉시 수상자는 앞으로 1년 치 일정을 비워 두거나, 직장을 다니는 경우라면 안식년을 신청해야 했다. 서점으로, 일반 도서관이며 디지털 도서관으로 어마어마한 프로모션 투어를 다녀야 했기 때문이다. 그게 다가 아니었다. 프랑스 전역을 한번 돌고 나면 번역서가 나오는 대로 유럽과 기타 해외로 떠나야 했다.

공쿠르상 수상작은 도시의 각종 저녁 식사 모임에서, 또 가족 모임에서 팔리고 읽히고 선물로 교환되며 이는 연말 행사까지 이어졌다. 요컨대 문학상은 노다지요, 문학성과 상업성을 적절히 배

합해 낸 완벽한 연금술이었다.

"안 잤어?" 그날 아침 에두아르는 침대 속에서 아내를 향해 돌아누우며 속삭였다. 비올렌은 멀뚱하게 눈을 뜨고 있었다. 샤를이 살아 있을 때부터 달려 있었던 적색과 청색 무늬의 묵직한 캐시미어 커튼 사이로 아침 햇살이 들어왔다. 콧날 끝에 떨어진 하얀 빛줄기가 옆얼굴의 완벽한 윤곽을 뚜렷하게 드러내 주었다. "응." 비올렌이 대답했다. 에두아르는 이불에서 빠져나와 베개에 팔꿈치를 괴었다. "공쿠르상 생각했어?" 에두아르는 "오늘이 최종 경쟁작 뽑는 날이네."라고 말하며 햇빛이 비치는 비올렌의 얼굴 윤곽으로 손을 뻗었다. 그는 검지로 이마에서 1센티미터 떨어진 허공에서부터 그림을 그리듯 눈썹까지 선을 따라 내려왔다가 다시 코끝으로 올라간 후 입술로 내려와서 턱의 곡선을 그렸다. "결선에서 뽑혔다고 생각해 봐." 비올렌은 여전히 천장에서 눈을 떼지 않고 말했다. "뽑히면." 에두아르가 말했다. "당신은 어떻게 할 거야? 작가가 없는데." 에두아르의 손이 비올렌의 가슴께 쪽 이불 위를 맴돌았다. "모르겠어." 그녀가 중얼거렸다. 그리고 "생각하지 않는 게 좋겠어." 하고 한숨을 쉬며 덧붙였다. 비올렌이 이불을 끌어내려 가슴을 드러내자 에두아르의 손이 감미로운 접촉에 익숙한 다섯 발 달린 반려동물처럼 부드럽게 포개졌다. "애무해 줘." 비올렌이 희미하게 속삭였다. 에두아르는 천천히 손을 펴서 엄지로 오른쪽 젖꼭지를, 새끼손가락으로 왼쪽 젖꼭지를 짚었다. 손목의 미세한 움직임에 비올렌의 입에서 탄성이 터져 나왔다. "사건을 수사하는 그 여형사는……?" 에두아르가 다시 말을 이었다. 비올렌은 몇 초간 침묵하다가 "몰라."라고만 답했다. "미친 여자야. 그렇지 않아? 내 생각엔 미쳤어." 그가 덧붙이며 손으로 비올렌의 가슴을 쓰다듬다가 배를 따라 더 아래로 내려갔다. 에두아르는 비올렌의 얼굴에 자신의 얼굴을 대고 귓가에 속삭였다. "그 여자는 당신한테 미친 거야. 그저 당신을 만나고 싶어서. 아니면 책을 내고 싶은 거야. 그거네. 책을 내고 싶은 거네." "그만, 에두아르." 비올렌이 대꾸하며 허벅지 사이로 들어온 남편의 손을 밀쳐 냈다. 그러고는 초록색 눈동자를 가만히 뜨고 그를 쳐다보았다. "날 가져가." 비올렌이 탄식 속에서 명령했다.

보조 기구를 찬 다리로 사랑을 나누는 일은 쉽지 않았지만 곡예를 넘는 것처럼 막 어렵지도 않았다. 우리가 사랑을 나눌 때 정확히 무슨 일이 벌어지는가? 마취된 듯 무방비한 상태로 놓아 버리는 부분은 어디이며, 예민하게 깨어 있으면서 숨결에, 피부에, 움직임에 민감하고 다른 이의 몸을 간섭하는 기쁨을 황홀히 지켜보는 부분은 어디인가? 이 두 부분은 더듬거리며 풀어 가던 방정식의 답이 갑자기 환히 떠오르듯이 애무, 입맞춤, 깨물기, 체위, 속삭임의 힘으로 도래한 쾌락의 순간에 합쳐진다. 사랑에 빠진 상태에서 나오는 호르몬을 룰리베린이라고 부른다고 한다. 두 사람이 첫눈에 반할 때 뇌는 예고도 없이 이 호르몬을 분비한다. 덕분에 사랑의 대상이 되는 이는 모든 기쁨과 가능성의 원천이 되는 데

필요한 자질을 획득하게 된다. 생물학자 장 디디에 뱅상은 400여 쪽에 이르는 에세이 《열정의 생물학》에서 이러한 상태에 대해 깊이 있게 연구했다. 몇 년 후에는 그의 부인이 대중에게 좀 더 다가가기 쉽게 쓴 《어떻게 사랑하게 되는가?》를 펴냈다. 과학자들 말에 의하면 룰리베린이 만들어 낸 사랑에 빠진 상태는 90일 동안만 지속된단다. 비올렌은 작년에 '르 피가로 리테레르*'에서 뤼시 뱅상의 논문을 인용해 문학을 향한 사랑에 관해서 쓴 기사를 읽었다. 그녀는 기사의 급진적인 결론을 에두아르에게 읽어 주었다. ⟨AD 매거진**⟩을 읽고 있던 에두아르는 자신이 진행한 어느 스코틀랜드 부호가 소유한 성의 인테리어 작업에 관한 기사에서 눈을 떼고 고개를 들었다. "그래? 그럼 그 박사한테는 내가 흥미로운 사례겠다. 나를 연구해 봐야 할 기야." 그가 무심하게 말했다. "왜냐하면 나는 원고 검토부의 서가 인테리어 작업 이후로 그런 상태가 쭉 지속되고 있거든."

비올렌은 뤽상부르 공원의 명물인 철제 의자 하나를 골라 앉았다. 그녀가 짚은 지팡이는 오늘 아침 사무실에 가는 길에 골동품 상점 거리를 지나다가 산 것이었다. 진열장 안에 상품을 늘어놓고 있는 골동품상이 보였다. 뿔이나 상아로 된 코담뱃갑, 식물

* 프랑스 일간지 ⟨르 피가로⟩에서 일주일에 한 번 발행하는 8쪽 분량의 문학 전문 부록.

** 1920년에 창간된 미국의 인테리어 전문 잡지.

상아*로 만든 바늘집, 나전으로 장식한 상자, 철을 단련해서 만든 열쇠, 도자기 파이프 등등. 가게 주인은 물건들을 1센티미터씩 앞으로 밀었다가 뒤로 당기기도 하고 재빠른 손놀림으로 감추기도 했다. 그러고 나서 상아와 은으로 된 둥근 손잡이가 달린 오래된 회양목 재질의 아름다운 지팡이를 놓았다. 지팡이 아래쪽의 소용돌이 장식 이름표에는 'M.P.'라는 머리글자가 쓰여 있었다.

비올렌은 지팡이를 주의 깊게 지켜보며 크기를 가늠해 보고는 골동품 상점 문을 밀고 들어갔다. 10분 후 가게를 나온 그녀는 세월에 반들반들해진 아름다운 지팡이에 단단히 의지하며 길을 거슬러 올라갔다. 알루미늄과 회색 플라스틱으로 된 목발은 거리의 쓰레기통에 던져 버렸다. 관광객들은 역광으로 비치는 햇빛 속을 거닐다가 스마트폰으로 사진을 찍기 위해 때때로 멈추어 섰다. 어떤 사람들은 우스꽝스러운 셀카봉으로 단체 셀카를 찍었다. 한편, 빠르게 공원을 가로지르는 그림자들도 있었다. 이 공원이 익숙한 사람들이거나 동네 주민들이었다. 그들은 뤽상부르 공원을 별칭인 르 뤼코라고 불렀다. 햇볕이 얼굴을 덮히고 부드러운 평온이 그녀를 감싸자 아침에 에두아르와 사랑을 나누던 시간과 비슷하게 느껴졌다. 가만히 귀를 기울이면 멀리서 테니스장의 공 부딪히는 소리가 괘종시계의 둔탁한 똑딱 소리마냥 들려왔다. 한 남자가 그녀 옆에 있는 철제 의자에 앉았다. 비올렌은 고개를 돌려

---

* 상아야자 열매의 배젖을 말린 것으로 천연 상아를 대신해 장식물을 만들 수 있다.

남자를 보고 미소를 지었다.

그의 눈빛은 언제나처럼 부드럽고 인자했다. 거무스름한 눈자위와 한 치의 오차도 없이 반듯하게 빗은 콧수염. 회색 펠트 모자를 벗자 흑단 같은 머리카락이 보였다. 그는 수달 모피가 달린 코트를 입고 있었다. 장갑을 낀 오른손을 철제 손잡이 위에 얹고 왼손으로 코드에 달린 윤이 나는 털가죽을 기만히 쓸었다.

"당신 지팡이예요." 비올렌이 부드럽게 말했다.

"제 것이 확실하군요." 마르셀 프루스트가 고개를 끄덕이며 대답했다.

"알고 있었어요." 비올렌이 미소를 지으며 속삭였다. "문단의 수수께끼 중 하나였어요." 그녀가 이어서 말했다.

"뭐가요?"

"목소리요. 당신의 목소리는 어땠나요……? 녹음된 게 하나도 없어요. 아무것도…….."

"수수께끼의 답을 찾은 것 같군요. 안 그런가요?"

"네……." 비올렌이 그를 향해 손을 내밀자 프루스트는 밝은 색 가죽 장갑을 기민하게 벗고 두 손으로 그녀의 손을 잡았다. 2천 명도 넘는 인물이 등장하는 대성당과도 같은 작품 《잃어버린 시간을 찾아서》를 깃펜과 먹으로 써 내려간 그 손이 어찌나 따스하고 부드럽던지. 그 책을 집필하느라 이미 좋지 않았던 건강을 더 해친 그는 결국 죽음에 다다르고 말았다. 육신은 그를 포기했고 생체 활동이 끝남으로써 삶은 종지부를 찍었다. 하지만 프루스트는 자신의 원고가 인쇄되자마자 책 속에서 되살아났다. 성찬의 신비에 따르면 그리스도의 육신은 제자들과의 만찬 중에 빵과 포도주로 변모해 현존하게 된다. 마찬가지로 마르셀 프루스트도 모든 천재 작가들이 그렇듯 문학의 정수 그 자체인 이러한 변신을—다른 이들보다도 더욱 성공적으로—해냈다. 직사각형의 종이 묶음 속에 깃든 영혼과 정신은 작가들이 사라진 후에도 살아남는다. 영원히. 비올렌은 눈을 감고 손끝으로 마르셀의 콧수염과 입술을 느꼈다.

"프랑스 앵포*가 정오를 알려 드립니다. 나탈리 앙드리외의 뉴스가 이어집니다." 비올렌이 소스라치며 정신을 차렸다. 뉴스가 나오도록 설정해 둔 휴대 전화에서 자동으로 라디오가 켜졌다. 옆자리로 고개를 돌리니 햇빛에 눈이 저절로 찌푸려졌다. 의자는 비어 있었다.

"첫 소식입니다. 방금 공쿠르상의 최종 경쟁작 후보가 정해졌습니다." 스마트폰에서 앵커의 목소리가 흘러나왔다. "아카데미 공쿠르가 발표한 최종 결선 진출 작품은 피에르 드메리외의《변덕쟁이들》, 브뤼노 타르디에의《우리의 텅 빈 유년 시절》, 아녜스 마리앙의《미완의 성》, 카미유 데장크르의《설탕 꽃들》입니다."

———————— * 24시간 뉴스를 보도하는 프랑스의 공영 라디오 채널.

"작가가 누군지 알고 있죠?" 파스칼은 사업가다운 차가운 미소를 짓고 있었다. 비올렌은 최종 결선에 진출한 작품이 발표된 직후 파스칼의 사무실로 소환되었다. 뤽상부르 공원을 지나 출판사로 올라가는 시간 동안 탕슈 경위로부터 최소 세 번은 전화가 왔지만 비올렌은 받지 않았다.

비올렌은 파스칼을 물끄러미 바라보았다.

"네. 당연히 알죠." 그녀는 한숨과 대답을 동시에 내뱉었다.

파스칼이 휴 하고 숨을 내쉬었다.

"그렇다면 안심입니다. 잠시 그 유령 작가 이야기가 진짜라고 믿었어요. 상을 탔는데 저자도 없이 드루앙 레스토랑에 상을 받으러 간다는 게 말이 됩니까?!"

파스칼은 비올렌에게서 눈을 떼지 않으며 하얀색 별이 박힌 몽블랑 볼펜의 꼭지를 깨물었다.

"그래서, 대체 누굽니까?"

"아직은 안 돼요. 너무 일러요." 비올렌이 말했다.

"남잔지 여잔지 힌트라도 좀 주지 그래요."

비올렌은 집무실 서가의 선반 가운데서 답을 찾으려는 듯 보였다.

비올렌은 "여자예요." 하고 말해 버렸다.

세 개의 새로운 메시지가 있습니다.

10시 45분에 녹음된 메시지.

"르파주 편집자님, 탕슈 경위입니다. 소피 탕슈. 문제가 생겼습니다. 파리에서 뵀을 때 사진을 보여 드리지 않았습니까? 1년 전에 발생한 두 사건의 사진 말입니다. 편집자님, 간밤에 새로운 범죄가 발생했고, 편집자님이 출간한 책의 147쪽 내용과 정확히 일치합니다. 근데 편집자님은 본인, 출판사, 원고 검토부가 범죄의 중심에 있다는 사실을 제대로 인지하지 못하고 계신 것 같습니다.

편집자님은 작가가 누군지 모른다고 말씀하셨고 이메일 주소 하나만 알려 주셨죠. 이걸로는 부족합니다. 게다가 저한테 뭔가를 감추는 것 같기도 하고. 이 책을 누가 썼는지 편집자님은 알고 계시다는 생각을 지울 수가 없네요. 지금 파리에 가는 중입니다. 편집자님과 원고 검토부에 관련된 모든 사람들을 대상으로 시간대별 행적을 조사할 예정입니다."

11시 37분에 녹음된 메시지.

"메시지를 남긴 지 1시간이 지났습니다. 르파주 편집자님, 보통 경찰이 메시지를 남기면 받은 사람은 평균 10분 이내에 응답합니다."

12시 03분에 녹음된 메시지.

"파리에 도착해서 출판사로 가고 있습니다. 여전히 아무 소식이 없으시군요. 편집자님의 사무실로 와 주시기를 정중히 부탁드리는 바입니다. 거기서 오실 때까지 기다리겠습니다. 그 소설이 공쿠르상 최종 결선에 진출했다고 들었습니다. 어쨌든 축하는 드러야겠죠. 누가 쓴 건지 모른다는 말씀은 더 이상 하지 마십시오."

작가와의 오찬은 출판업계의 필수적인 관례다. 저자 한 명당 1년에 네 번에서 다섯 번 정도 식사 초대를 한다. 한 출판사에는 수많은 작가가 소속되어 있기 마련이므로 이와 같은 점심 식사 자리도 그만큼 많다. 편집자들은 인간을 싫어하는 거대한 고양이에게 호감과 가르랑거리는 소리를 얻어 내려는 심산으로 작가들에게 밥을 먹인다. 오찬의 대외적인 목적은 작가와의 친분 유지다. 그렇지만 실상은 계약금이 집행된 원고 집필을 제대로 하고 있는지, 원고에 진전이 있는지를 알아보는 데 더 큰 목적이 있다. 너무 많이 쓰는 사람과 시원찮게 쓰는 사람들 사이에서, 또 젖소마냥 성실하게 잉크를 짜내며 1년에 두 차례씩 책을 내고 싶어 하는 작가와 주말마다 신나게 놀고 생각나면 딸랑 한 줄씩 써내는 작가 사이에서, 계약서와 선금을 적절히 계산해 들이밀어야 한다. 물론 식사도 같이하면서 말이다. 어떤 작가들은 쓴 글을 정기적으로 담당 편집자에게 보내 피드백을 들은 후에야 다음 이야기를 이어 간다. 또 어떤 작가들은 수개월씩 잠수를 타서 담당 편집자의 애를 태운다. 파스칼은 이런 작가들을 특히 경계하는 편이라 3개월에 한 번 그들이 어디에 있으며 무엇을 하는지 점검하는 엑셀 표까지 만들어 관리했다. 수백만 유로의 매출을 일으키고 상당한 수의 피고용인들을 필요로 하는 문학 편집부의 예산은 오로지 작가들의 영감과 상상력에, 다시 말해 아주 불안정한 지표에 달려 있다. 파스칼은 이 지표에 대해 한 문장으로 요약해 모두에게 질문을 던진 적이 있었다. "이 머저리들이 어느 날 아이디어가 떨어진다면 우리는 어떻게 되는 겁니까?" 대꾸하는 사람은 없었다.

이런 말이 나오기 수년 전 출판사의 주요 작가 중 한 명이 생존 신호를 보내오지 않는 일이 있었다. 그는 꽤 큰 액수의 선금 절반을 가지고 인도로 떠났다. 그를 추적하기 위해 사립 탐정까지 고용해 확인한 바로는 엄밀히 말해 책을 하나도 쓰지 않았으며 인도에 간 것 같지도 않다. 헛수고로 끝난 여행으로부터 작가는《사라진 남자》라는 짧은 소설 하나를 창작해 냈다. 선금을 가지고 사라진 작가를 찾는 사립 탐정의 이야기였다. 프랑스에 돌아와서 석 달 만에 쓴 그 소설은 평단의 극찬을 받으며 베스트셀러 1위에 등극했다. 심지어 영화화되어 주연을 맡은 뱅상 랭동이 세자르 남우 주연상까지 거머쥐었다. 냉정하게 결과만 따지자면 출판사를 속이고 선금과 함께 지구 반대편으로 튄 작가가 옳았다. 그러지 않았다면 오늘까지도 서점가 최고의 성공작으로 남아 있는《사라진 남자》는 절대 쓰이지 않았을 터다. 어쩌면 기획부터 인쇄에 이르기까지 소설은 작가도 어찌할 수 없는 저마다의 고유한 생애가 있는지 모른다.

애피타이저와 메인 요리 사이에 다음 소설의 진도나 진행 상황을 은근슬쩍 묻는 건 기본이다. 또 디저트를 먹을 때쯤에 정말로 소설의 결말이 나왔는지 묻는 고도의 작전을 쓰는 건 일종의 비틀기 기술이다. 작가에게 약간의 자극을 가할 수도 있다. 그건 바로 비올렌이 잘 구사하는 기술이자 그녀가 담당하는 작가 프랑수아 메일페르에게 잘 통하는 방법이었다. 이 작가는 여러 편의 소설을 성공시킨 이력이 있으나 최근에는 비올렌이 만족할 만한 작품 활동이 거의 없었다. 뤽상부르 공원이 보이는 로스탕이라는 레스토랑의 홀에 포크와 나이프가 부딪히는 소리며 대화 소리, 유리잔이 쨍그랑거리는 소리가 뒤섞인, 레스토랑에서 흔히 들을 수 있는 익숙한 소음이 울렸다.

"3년 전부터 글을 안 쓰셨어요." 비올렌이 선공을 날렸다. "드라마 찍는 중이겠다, 열 개국 언어로 번역본도 나왔겠다, 성공의 단꿈에만 빠져 계시는군요. 새 소설을 내자는 게 지나친 주문인가요, 프랑수아 작가님……?"

"글쓰기 교실에서 할 일이 많습니다만."

"글쓰기 교실에 시간을 쓰신다. 뵐 때마다 수강생들 얘기만 하시네요. 그럼 학생 돕는 일을 그만둬야죠, 프랑수아 씨. 정 남을 돕고 싶다면 비영리 단체로 가시든가."

프랑수아 메일페르는 키르* 잔을 테이블에 내려놓고 비올렌의 눈동자를 빤히 쳐다보았다.

"진지하게 말씀드리는 거예요. 이웃 걱정 좀 그만하세요. 작가들은 이기적인 존재예요. 자기와 자기 책, 자기 작품 생각만 하죠. 이런 작가들은 고약하고 과대망상에 빠져 사는 데나 통제 불능이에요. 하지만 적어도 발전은 한다고요. 그게 그들의 역량이에요. 가야 할 길을 가는 거죠. 애정이 필요해요? 만나는 여자를 바꾸고 고양이나 개를 기르세요. 아니면 새를 키우든가."

"당신이 어떻게 나한테 그런 말을 해?" 작가가 차갑게 대꾸했다.

"왜요? 전 제 일을 하는 거뿐인데요."

"곰보버섯을 곁들인 소고기 스테이크와 바질 버터에 구운 두루미냉이입니다." 종업원이 알려 주었다.

"글을 쓰고 싶어 하는 사람들을 돕는 게 잘못이란 말인가?" 프랑수아가 비올렌에게 와인을 따라 주며 말했다.

"잘못이에요."

"비올렌……." 그는 한숨을 쉬며 천장을 올려다보았다.

"네. 잘못이에요." 비올렌이 곰보버섯을 곁들인 스테이크를 먹으며 되풀이했다. "작가가 될 수 있다고 믿게 만들잖아요. 작가님

---

* 주로 식전주로 마시는 칵테일. 화이트 와인과 크렘 드 카시스(카시스 혼성주)를 혼합해서 만들며 붉은빛을 띤다.

은 그 사람들을 환상 속에 붙들어 두고 있어요. 재능을 타고났다면 작가가 되는 데 작가님의 도움은 필요 없어요. 숨어 있는 천재는 없고, 존재하지도 않아요. 작가가 될 수 없다는 불행, 결코 회복할 수 없을 불행을 당신이 심어 주고 있는 거예요. 할 수 있다는 희망을 갖게 내버려 뒀으니까. 당신은 환멸에 찬 사람들을 만들어 낸다고요, 프랑수아 작가님. 작가님은 해로운 일을 벌이는 거예요. 그 사람들을 그냥 두세요. 작가님은 본인 책에나 신경 쓰시고요. 그들이 산전수전을 겪으며 걸작을 써내면 작가님 말고 원고 검토부에 보내라고 하세요. 그건 제가 잘하는 일이지 작가님이 할 일은 아니니까."

"제기랄!" 그가 느닷없이 포크와 나이프를 접시에 내려놓으며 소리를 치는 바람에 옆 테이블의 여자 둘이 깜짝 놀라 쳐다보았다.

"글쓰기 교실 출신 작가들도 있어."

"거의 없죠……." 비올렌이 버섯을 씹으며 대꾸했다. "그리고 작가님 강의를 듣고 작가가 된 사람도 없고요. 어쨌든."

"너무 냉정한데, 비올렌. 당신은 언제나 냉정했어."

"네. 하지만 작가님도 마음속 깊은 곳에서는 제가 옳다는 걸 알고 계시죠. 머리 좋으시잖아요."

프랑수아 메일페르는 대답은 하지 않고 곰보버섯 소고기 스테이크에만 집중했다.

"맛있죠?" 비올렌이 경쾌하게 물었다.

"담당자를 바꿔야겠어."

"절 버리시려고요? 저 같은 장애인을요? 부끄러운 줄 아세요. 만에 하나 그렇게 하시면 작가님은 진짜 괴물이에요."

"괴물은 당신이야. 어떻게 나한테 그렇게 말할 수 있지? 우리가 함께한 세월을 생각하면……."

"그러니까요. 우리는 함께 성공작들을 만들었잖아요. 그러니까 계속해 나가야 하고요."

"지금 그런 말을 하는 게 아니잖아." 작가가 냉담하게 대답했다.

"그럼 무슨 말씀을 하시는 건데요?"

"우리. 우리 얘기." 그는 음식에서 눈을 떼지 않고 말을 이어 갔다.

"무슨 얘기요?" 비올렌이 소리를 삼키며 물었다.

"무슨 얘기냐고?" 그는 고개를 절레절레하며 비아냥거렸다. "비밀스러운 만남으로 가득한 이야기지. 지방 도서전 때는 호텔 방에서, 해외 순방 때는 비행기 안에서. 잘 봐." 그가 명령하듯 말하며 신경질적으로 셔츠 소매를 걷어 올려서 상처를 보여 주었다. "내 팔뚝에는 평생 없어지지 않을 당신의 손톱자국이 있어. 사람들이 미리 언질을 주더군. '비올렌은 널 유혹해서 너랑 자고 언젠간 널 잊을 거야'라고. 당신은 다른 수많은 사람들과도 늘 그런 식이었어. 나라고 달랐겠어? 내가 왜 강의에 매달리는 줄 알아? 당신을 잊으려고 그러는 거야. 잊어 보려고……. 왜 날 그렇게 보는 거지, 비올렌?"

소피의 파트너 알랭 마사르는 마르크 푸르니에 가족에게 그의 사망 소식을 알리는 괴로운 임무를 맡았다. 통제가 불가능한 소피가 어디로 튈지 몰라 이런 일이 그의 차지가 된 게 한두 번이 아니었다. 소피는《설탕 꽃들》의 편집자 비올렌을 다시 대면하고 그녀와 원고 검토부의 시간대별 행적을 조사하기 위해 단박에 파리로 돌아가 버렸다. "그래도 푸르니에는 처자식이 없잖아." 소피가 딱 잘라 말했다. "그러니까 더 간단하지 않겠어?" 알랭은 대꾸하지 않았다.

시신을 처음 발견하는 것보다 더 끔찍한 건 피해자의 가족과 처음으로 접촉하는 것이었다. 일단은 전화 통화가 우선이었다. 알랭은 통화를 위해 분위기에 알맞게 군인 같은 약간 냉담한 어조로 다음과 같이 할 말을 미리 준비해 두었다. "여보세요? 안녕하십니까. 저는 루앙 지방 사법 경찰대 소속 마사르 경위입니다." 다음 문장은 상황에 따라 다양하게 나왔다. "부인, 따님, 부친, 아드님, 부군의 일로 속히 만나 뵙고자 합니다…….”

수화기 속 상대방은 무슨 말인지 모르겠다는 반응부터 보이다가 일순간 침묵이 찾아왔다. 항상 똑같은 식이었다. 말을 달리해 보아도 빌어먹을 침묵의 순간은 어김없이 찾아왔고 알랭은 아직 목소리일 뿐인 대화 상대에게서 불안감과 공포심이 빠르게 치솟는 것을 느꼈다. 이어지는 질문 역시 다양했다. 불안감의 어조는 저마다 달랐지만 전반적으로 요약하자면 다음과 같았다. “무슨 일이 생겼나요?” 이 순간에 알랭은 준비한 문장을 말했다. “아주 심각한 일입니다만, 만나서 직접 설명드리겠습니다. 제가 그리로 가는 중입니다.”

알랭의 말에 따르면 한창 점심 식사를 하는 도중에, 더욱이 한밤중에 마치 별일 아니라는 것처럼 상대방의 허를 찌르듯이 누군가의 죽음을 전화로 알릴 순 없는 노릇이었다. 최악의 경우를 예상할 마음의 준비를 시켜야 했다. 그리고 ‘아주 심각한 일입니다’라는 표현은, 알랭이 도착할 때까지 상대방이 무슨 일일까 하고 벌어질 법한 경우의 수를 하나하나 상기해 보다가 순간 죽음에까지 생각이 이르러 설마 그건가 하고 고려해 볼 수 있게 하는 말이었다. 알랭은 경찰대 소속 정신 건강 의학과 전문의와의 평가 면담에서 이와 같은 자신만의 절차 진행 방식에 대해 설명했었다. “맞아요, 경위님. 아주 섬세하게 잘하고 계세요. 다른 분들이 다 그런 식으로 하는 건 아니거든요.” 의사가 말했다.

다음으로 건물 인터폰이나 주택의 출입문 초인종을 누르는 단계가 왔다. 알랭이 이 순간을 유난히 어려워하는 까닭은 이때야말로 그가 직접 나서야 했기 때문이다. 그는 한 가족을 영원히 뒤흔들어 놓을 끔찍한 소식을 들고 온 사람이었다. 그가 입을 여는 순간 그 무엇도 전과 같을 수 없었다. 문 뒤로는 그를 주의 깊게 응시하는 여자들과 남자들, 더러는 아이들의 근심 어린 얼굴이 보였다. 그는 넘지 않았으면 좋았을 문턱을 넘어 각종 가구와 가족의 기념품으로 가득한 부유한 가정의 응접실로, 세련된 가죽 소파와 평면 텔레비전이 있는 중산층 가정의 거실로, 때로는 모든 실내 장식이 무용지물인 지극히 가난한 가정의 거처로 조용히 들어갔다. 향초에서 발산된 향기가 공기 중을 감돌 때도 있었고, 부엌에서 수프 냄새가 새어 나올 때도 있었다. 알랭은 매번 평온한 장소로 몰래 들어가 가족이 둘러앉은 낮은 탁자 위에 일정량의 다이너마이트를 올려놓고 모든 것을 날려 버릴 빨간 버튼을 누르는 느낌을 받았다. 그가 새벽 2시경 루이즈 페르모라는 열두 살 난 여자아이의 부모에게 단순 과속으로 붙잡힌 한 남성의 차 트렁크에서 그들의 딸이 주검으로 발견되었다는 소식을 알렸을 때, 아이의 어머니가 비명을 지르기 시작하자 그 소리가 어찌나 컸던지 그는 아무 말없이 서 있을 수밖에 없었다. 어떤 말도 입 밖으로 나오지 않았다. 알랭은 실내 가운 차림으로 주저앉은 부인의 고통으로 일그러진 얼굴 앞에서 경직된 채 서 있었다. 남편은 아내를 진정시키려 했지만 소용없었다. 작은 강아지가 낑

끙대며 사방을 휘젓고 다녔다. 그때 몸이 떨려 오기 시작한 알랭
은 손으로 귀를 막고 거실 소파 위에서 몸을 웅크린 채 어느 한
부분의 근육도 움직일 수 없게 되어 버렸다. 결국 그에게 사흘간
의 노동 불능 기간이 주어졌고 강력한 진통제 처방이 내려졌다.
몇 달 전 경찰대 소속 의사는 테타니*에 의한 발작이라고 결론짓
고 알랭을 사망 소식을 전달하는 임무에서 공식적으로 배제했다.

마르크 푸르니에의 경우는 달랐다. 그는 혼자 살았으니 그의
거주지로 가는 것은 소용없는 일이었다. 소피가 말한 대로 아내
도 자식도 없었다. 확인된 여성 동거인도 없었다. 이탈리아에 산
다는 누나의 연락처를 뒤져 보기도 했다. 어쨌든 마르크 푸르니
에는 1990년대에 부르크빌 시상식을 세 차례 연임한 전 시장의
아들이었다. 푸르니에 전 시장은 부인과 사별했고 은퇴 후 본인
소유 토지에 거처를 마련했는데 아무도 정확한 지명을 대지 못
했다. 가장 간단한 방법은 현 시장을 찾아가 묻는 것이었다. 마침
시장에게 그의 관할 지역에서 시신이 발견되었다는 사실도 전해
야 했다. 시장의 비서는 좀 기다려 달라고 요청했다. "시장님께서
곧 만나시겠답니다." 비서는 덧붙이고 나서 커다란 문으로 재빠
르게 나갔다. 마룻바닥에 구두 굽 부딪히는 소리가 들리자 알랭
은 전 애인 이네스를 떠올렸다. 이네스는 항상 발목에 스트랩이

---
* 칼슘 부족이나 심리적으로 불안한 상태에서 근육이 수축하는 등의
제반 증세.

달린 하이힐을 신고 똑같은 소리를 내며 다녔다. 그녀와 헤어진 이후 알랭은 꿈속에서 구두 굽 소리를 듣고 소스라쳐 깨는 일이 있었다. 그는 3개월 전부터 범죄 현장 촬영을 담당하는 과학 수사관 비르지니와 교제를 시작했다. 비르지니는 예쁘고 나긋했으며 말수가 적었다. 뭘 물으면 대체로 수줍은 미소만 지었다. 집에서 사진과 영상만 들여다보는 그토록 조용한 비르지니가 굉장한 성적 열망을 가지고 있을 거라고 상상하기 어려웠다. 비르지니와 사귀면서부터 알랭은 매일 저녁 그녀의 집에서 식사를 했고, 그 끝은 언제나 거실 카펫에서 공중으로 들린 흡사 태초의 상태 같은 두 다리를 마주하는 것이었다. 이런 일상은 전 애인들과는 겪어 보지 못한 방식이라 알랭은 체중이 적어도 5킬로그램은 빠진 것 같았다. 지금까지는 지방 사법 경찰대의 누구도 그들의 관계를 의심하지 않았으며, 그날 아침 택시 사건 현장에서도 동료들은 그들의 관계를 전혀 눈치채지 못했다는 듯 행동했다. 소피가 영 기억이 나지 않는다며 '영상 찍는 여자애'의 이름을 물었을 때 알랭은 "비르지니 아닌가?" 하고 어물쩍 대답했다.

또각또각 소리가 돌아왔다. "시장님께서 들어오시랍니다, 경위님."

장 프랑수아 콩브는 살이 오른 40대 남자로, 회색빛으로 바랜 턱수염 아래에 두 겹이 된 턱을 가리고 있었다. 그의 남색 정장은 재단이 엉성한지, 어깨는 너무 넓고 소매는 팔 길이에 비해 너무

163

짧아서 몸통에다 작은 날개 두 개를 붙여 놓은 꼴이었다. 과체중에다 털이 난 모양새와 몸통에 달린 날개가 합쳐지니 제 나이보다 훨씬 들어 보였다. 그가 손을 내밀며 일어섰다. "안녕하십니까, 경위님. 말씀 전해 들었습니다." 그가 암담한 기색으로 말했다. "참으로 무서운 일입니다!" 그러면서 노골적으로 눈썹을 찌푸리며 덧붙였다. "푸르니에는 아주 착한 사람이었죠." 알랭은 범죄를 마주한 대다수의 인간은 사건의 주인공에 대해 잘 알지도 못하면서 온갖 성품을 가져다 붙이며 그들을 포장한다는 사실을 다시 한번 새겼다. 이런 논리에 따르면, 살인범은 그다지 눈에 띄지 않으며 틀림없이 과묵하고 그러면서도 마을에 기여하는 이웃으로 묘사되는 반면, 희생자는 화목한 가정을 수호하고 회사에 충성하며 언제나 타의 모범이 되는 존재다. 알랭은 살인자에 대해 다음과 같이 말하는 걸 한 번도 들어 보지 못했다. "그 개자식이 칼을 빼 들었다는 게 놀랍지도 않아요. 아주 못된 후레자식이기든요!" 희생자에 대해서도 마찬가지였다. "그 등신은 인사 한마디 안 하고 차도 아무 데나 갖다 세워 두는 데다 마누라와 자식들에게 고함지르는 게 일상인 놈이었어요."

일정 시간의 침묵—시장이 내심 엄숙하고 무겁기를 바란—이 흐른 뒤 시장이 먼저 입을 뗐다. "이 구역에서 1년도 안 돼 살인 사건이 세 건이나 일어났습니다." 그는 주먹을 내밀어 둥글게 살찐 손가락을 하나씩 펴면서 셋을 헤아렸다. "공증인 페르쇼드(엄지), 토르 사장 발라르(검지), 택시 운전사 푸르니에(중지). 원한 관계일까요?"
시장은 이같이 결론지으며 욕심이 덕지덕지 붙은 눈썹을 찡그렸
다. 알랭에게 익숙한 표정이었다. 수사에 문외한인 이가 범죄에 대
한 가설을 세우기 시작하면 온갖 망상을 끄집어내기 마련이었다.

"원한 관계 때문이라면 증거가 있어야 합니다." 알랭이 간단히
대꾸했다. "물론 그 부분에 대해서도 수사 중입니다."

"마약이 원인이에요." 시장이 말했다. "나이트클럽을 운영하는
발라르는 상종하지 말아야 하는 부류의 인간이었습니다. 마약 밀
매로 두 차례나 영업 정지를 당했어요. 아마 계속해서 그 짓을 했
을 수도 있습니다. 다 돈의 유혹 때문이죠, 경위님. 인간을 부패
시키는 돈, 나락으로 떨어트리는 돈 말입니다." 시장은 음산한 목
소리로 말했다.

"공증인의 은행 계좌에는 의심할 만한 사항이 전혀 없었습니
다. 초동 수사 정보에 따르면 택시 운전사의 계좌에도 이상한 점
은 없었습니다. 가택에 현금이 있던 것도 아니고 증빙이 불가한
내역도 없었습니다. 그러니까 설명이 안 되는 부분은 거의 없다
고 봐야죠……." 알랭이 사건을 막다른 골목으로 몰고 가자 시장
은 언짢아 보였다. 마약 이야기 쪽이 마음에 들었던 모양이다. 아
마도 다음 선거를 염두에 두고 젊은 세대를 재앙으로 몰아넣는
마약에 대해 언급할 생각이었으리라.

"아무래도 상대는 연쇄 살인범인 것 같습니다……." 알랭이 씩
웃으며 말했다.

시장은 깜짝 놀라 알랭을 쳐다보았다.

"그렇군요." 알랭이 계속했다. "피해자 유형이 50대를 훌쩍 넘긴 남성으로 동일하고, 무릎을 꿇은 자세와 머리에 맞은 한 발의 총탄 자국을 볼 때 범행 수법도 동일합니다. 장소는 언제나 숲 근처이고요."

"그런데도 웃음이 나오시는군요, 경위님." 시장이 떨리는 목소리로 말했다. "나에겐 지켜야 할 시민들이 있어요. 이 사실이 밝혀지면 시 전체가 공포에 휩싸일 겁니다. 부르크빌은 조용하고 평화로운 곳이에요. 우리는 피가 아니라 사과주와 리바로 치즈로 먹고삽니다. 부르크빌 시민들은 선량하고 근면하고 정직한 사람들입니다……."

시장은 자기 지역과 주민들이 얼마나 매력적이고, 프랑스 땅에서의 삶이 얼마나 좋은가에 대한 장광설을 늘어놓기 시작했다. 알랭은 그의 말이 끝날 때까지 내버려 두었다. 다시 침묵이 찾아왔을 때 알랭이 말했다. "장 폴 푸르니에 전 시장님께 아드님의 사망 소식을 알려 드리기 위해 거주지 주소가 필요할 것 같습니다. 시장님께서는 알고 계시죠?"

"물론입니다. 적어 드리죠. 찾으실 수 있을지는 잘 모르겠습니다. 나무와 덤불로 둘러싸인 초야*에 박혀 살고 계시거든요." 시장

---

* 초목으로 구획이 된 노르망디 지방 특유의 삼림 형태로 '보카주'라고 한다.

은 서랍을 열고 커다란 가죽 수첩을 꺼냈다. 그러고 나서 엄지손
가락에 침을 묻혀 가며 종이를 넘기더니 만년필의 뚜껑을 열었다.
책상에는 평면 모니터가 달린 컴퓨터와 아이폰이 있었지만 전체
적인 실내 장식은 프랑스의 옛 모습을 간직하고 있었다. 이를테
면 시장실의 목재 내장재, 공화국 대통령의 사진, 대리석 벽난로
위에 놓인 하얀 석고로 만든 마리안느*의 흉상, 제정 양식의 책상,
그리고 책상 뒷벽을 가리고 늘어서 있는, 서적과 물건 들로 채워
진 유리문이 달린 서가 등이 그런 모습이었다.

"약도를 그려 드리겠습니다." 시장이 종이에서 눈을 떼지 않
고 말했다. 알랭은 고맙다는 말 대신 고개만 끄덕했다. 그는 눈썹
을 찡그리며 책장 선반 가운데에 차례로 놓인 세 개의 하얀 형체
를 바라보았다.

"저건 뭡니까?"

"어떤 거요?" 시장이 종이에서 고개를 들며 물었다.

"저기 하얀 거요." 알랭이 턱짓으로 선반을 가리켰다.

시장은 안락의자 속에서 힘겹게 돌아보았다. "아, 저거요? 설
탕 꽃입니다."

"뭐라고요?"

"제과 기능사가 만든 작품이에요. 잘은 모르지만 몇 킬로그램
짜리 설탕 덩어리에다 둥근 끌이랑 다른 도구들로 조각을 한 거

----

* 프랑스 대혁명기에 자유 및 공화국을 나타내기 위해 상징으로 삼
은 젊은 여성.

래요. 아주 심혈을 기울인 대작처럼 보이지 않습니까? 조금만 잘 못해도 와장창 깨질 텐데."

알랭은 자리에서 일어나 유리문으로 다가갔다. 거기에는 30센티미터 높이의 조각 꽃 세 개가 있었다. 꽃이 놓인 받침대도 설탕으로 만든 것이었다. 꽃잎이 빙 둘러진 섬세한 꽃부리는 마치 아침에 얼어붙은 장미를 따다 놓은 듯 수천 개의 수정처럼 반짝였다. 각각의 조각 모두가 상상 속에서나 그릴 수 있을 법한 완벽한 형태였다. 동화 속에서 막 꺼낸 것 같은 꽃이라 할까.

"시청에 기부된 것입니다." 시장이 말했다. "부르크빌에서 제과 제빵 일을 하던 집안에서 기부했어요. 아버지와 아들이 둘 다 제과 제빵사였습니다만 지금은 떠난 지 오래입니다. 제 기억이 맞는다면 이 설탕 꽃들은 그 할아버지 대에서 만들었을 겁니다. 전 시장님께서 분명 더 많은 이야기를 들려주실 거예요."

알랭은 겨울 햇살을 받은 눈만큼이나 새하얗게 빛나는 꽃들의 둥근 곡선에서 눈을 떼지 못했다.

"그 제과 기능사 이름이 어떻게 됩니까?"

"르파주라고 합니다."

지구(地區) 전체가 깨어나는 중이었다. 그곳은 도시 속의 신도시라 할 수 있었다. 소피는 즐비하게 늘어선 미래 지향적 형태의 건물들을 따라 걸었다. 준공된 지 얼마 되지 않아 아직 사람이 드나들지 않지만 계획 단계 때부터 이미 분양이 끝났다고 했다. 시가지가 확장되며 모든 것들이 새로 지어진 파리 바티뇰 지구에는 새 지방 법원 건물도 있었다. 소피는 멀리서부터 육면체 세 개가 포개진, 높이가 에펠 탑의 절반에 이르는 그 건물을 알아보았다. 파리 사법 경찰 본부도 전설적인 센강변의 오르페브르 36번지*를 떠나 새 지방 법원을 이웃하고 있는 현대식 건물로 옮겨 갔다. 오르페브르 36번지는 영광스러운 과거를 기리기 위해 여기서도 36번지에 세워졌는데 그 거리에 다른 번지는 없었다. "개나 소나 다 36번지야." 소피의 경찰 학교 동기이자 경위 생활을 하다가 몇 년 전 파리에 온 제롬 보드리에가 농담을 던졌다. 둘은 계속 연락을

─────── * 파리 센강 오르페브르가에 위치한 파리 사법 경찰 본부의 구 주소지이자 파리 사법 경찰 본부 자체를 이른다.

169

주고받았으나 1년에 두세 번만 만났다. 공사 차량 한 대가 지나
가자 소피가 인도로 피했다. 그녀는 고개를 들어 어느 건물의 발
코니들을 올려다보았다. 그중 화분이 올려져 있는 한 발코니에서
남자 하나가 의자에 앉아 커피를 마셨다. 다른 층은 죄다 비어 있
었다. 소피는 15층짜리 건물에서 홀로 첫 주민이 된 남자의 생활
은 어떨지 잠시 궁금했다.

과거에서 튀어나온 고립된 구역처럼 구 철도 역사 시대의 작
은 건축물이 불가사의하게 보존되어 있었다. 벽돌 벽과 기와지붕
이 있는 건물이 녹색 지대 위에 솟아나 있었다. 그곳은 틀림없이
향후 지역 주민들의 교류 장소가 되고, 유기농 채소가 담긴 바구
니를 찾으러 가는 배송 중계지가 되고, 또는 공유 사무실이 될 터
였다. 길이 끝나기 진에 소피는 '사법 경찰 본부'를 기리키는 화살
표가 그려진 커다란 표지판을 발견했다.

비올렌이 점심 식사를 마치고 마침내 사무실로 돌아오기까지
소피는 30분은 족히 비올렌을 기다렸다. "죄송합니다, 경위님."
비올렌이 악수하며 양해를 구했다. 소피가 보기에 그녀는 혼자만
의 어떤 일로 인해 정신이 딴 데 가 있거나 매우 바빠 보였다. 소
피가 비올렌의 비협조적 태도를 꼬집기 위해 따질 준비를 하는데
비올렌이 책상 서랍을 열어 둥그런 반지를 꺼냈다. "지난번에 오
셨을 때 이걸 두고 가셨더라고요." 소피는 손가락이 부을 때면 반
지를 빼 두는 경우가 종종 있었고, 그때도 반지가 좀 끼는 듯했기

에 주머니 속에 흘려 넣었었다. 소피는 루앙에 도착해서야 반지가 손에도 없고 주머니에도 없다는 사실을 알아챘다. 그녀는 바로 차를 돌렸다가 갑자기 의구심이 들었다. '파리에 갈 때는 갖고 있었나?' 그러고는 온 집안과 모든 옷의 주머니를 1시간이나 뒤지다가 흐느끼며 소파에 주저앉았다. 그렇게 영영 사라졌다고 생각했던 반지가 비올렌의 손에서 다시 나타나다니. 소피는 마음 같아서는 그 여자를 와락 껴안고 싶었지만 자신의 방문 목적을 고려해 "정말 감사합니다."라는 짧은 인사만 건넸다.

소피는 원고 검토부 전 직원과 책임 편집자를 대상으로 시간대별 행적을 조사했다. 비올렌이 작가에 대해 모른다고 잡아뗐기 때문에 원고 검토부를 도착점이 아니라 출발점으로 삼을 수밖에 없었다. 때로 직감과 사실은 정반대인 것처럼 보인다. 미제 사건은 직감과 사실이 일치될 수 없었기에 해결되지 않은 것이다. 그러나 수사를 하며 고려되었던 수십, 수백 개의 가설 중에 반드시 옳은 것이 있다. 20년, 혹은 30년, 50년 후에 해결된 미제 사건 중 이전에 한 번도 고려되지 않은 범행 경위는 단 한 건도 없었다.

소피는 제롬 보드리에를 만나 회포를 풀며 커피를 한잔하는 김에 15년 전쯤부터 범죄 분석에 사용되고 있는 프로그램인 아나크림에 접속할 생각이었다. 아나크림은 사건에 관련된 모든 파일을 모아 결함이나 불일치를 업데이트할 수 있는 디지털 데이터

베이스로 구성된 프로그램이었다. 아나크림은 표와 순서도를 화면에 그리면서 용의자들의 이름, 시간대별 행적, 증거물, 시간 등 모든 정보를 분석한 다음 조사관들이 놓친 세부 사항을 띄워 주었다. 1년 전 살인 사건이 발생했을 때도 조사관들이 사건에 대한 데이터베이스를 구축했지만 아나크림은 도움이 될 만한 사항을 찾아내지 못했다.

"이젠 꼴도 보기 싫다." 하고 말하며 제롬 보드리에가 창문 밖으로 길게 늘어선 저장탑과 끊임없이 왔다 갔다 하는 공사 트럭을 가리켰다. "지구상의 모든 콘크리트를 내 창문 아래다 싸지르는 것 같아. 그래서 저걸 걸어 놨지." 그가 가리킨 곳에 압정으로 고정시켜 둔 달력이 있었다. 달력에는 노르망드종 소들이 푸른 방목장을 거니는 사진이 있었다. "그리고 우리를 위한 것도." 제롬이 덧붙이며 오르페브르 부두 앞에서 파이프에 불을 붙이는 조르주 심농의 흑백 사진을 보여 주었다.

소피는 종이컵에 담긴 커피를 마시며 웃었다.

"저 해적선을 아직도 갖고 있구나."

"아직도." 경찰대 재학 시절 직접 만든 책상 위의 작은 해적선 모형을 내려다보며 제롬이 대답했다. 그 모형은 루앙 근처 물리노시의 A13번 도로변에 있는 로베르 르 디아블르 성에 보존된 배를 본떠 만든 것이었다. 그는 책상을 빙 돌아 자리에 앉고 나서 배 모형을 쳐다보다가 소피에게로 시선을 옮겼다. 그러고는 커피를 한 모금 마셨다. 잠시 정적이 흘렀다.

"안 풀리는 일 있어, 제롬?" 제롬은 눈을 감고 말을 풀어놓기 시작했다. "사실, 널 좋아했었어, 소피. 왜 너에게 이 얘길 하는지 나도 모르겠다. 적절한 타이밍도 아닌데. 이런 말할 때가 아니잖아. 하지만 적절한 타이밍이 없기도 하고……. 네가 브뤼노의 죽음에서 헤어 나오지 못한 걸 알아. 다른 누군가와 함께하는 일은 생각조차 할 수 없다는 것도 알고. 하지만 난 사빈을 떠나보냈어. 넌 네 집을, 난 내 집을 홀로 지키지. 그러면서 난 널 생각해, 소피. 늘 그랬어. 서로 만나지 못하는 채 인생을 보내긴 싫어. 이 말을 꼭 해야 했어. 후련하다. 그래도."

그는 고백을 끝내고 호흡을 가다듬었다.

소피는 한참 동안 그를 응시했다. 숨이 제대로 쉬어지지 않았다.

"뭐라 답해야 할지 모르겠네." 하고 겨우 속삭였다. 차오르는 눈물을 꾹 눌러 담았다.

"아나크림을 써 보고 싶었던 거지?" 제롬이 화제를 돌리며 물었다. "너 보여 주려고 훨씬 더 좋은 걸 준비했어." 그가 웃으며 말했다.

그 방은 금고실로 들어가는 문 같은 출입구가 있고, 아홉 평 정도 되는 내부가 온통 흰색으로 칠해져 있었다. 벽에는 컴퓨터 장비를 설치한 선반이 가득했고, 웅웅거리는 희미한 소리가 공기 중을 메우고 있었다. 제롬과 소피는 배지를 인식시키고 안으로 들어갔다. 제롬이 선화를 걸어 '시운전' 허가를 요청하자 승인이 떨어졌다. 안쪽에 신식 책상과 평면 모니터가 연결된 컴퓨터가 자리하고 있었다. 화면에는 블루스크린이 떠 있었다.

제롬은 소피에게 태블릿 위에 손을 얹도록 했다.

"네 지문을 인식시켜야 해."

소피가 손을 얹었고 둘은 잠시 대기했다.

"안녕하세요, 소피 경위님." 부드러운 목소리가 방 안에 울려 퍼졌다. 소피는 놀라서 동료를 바라보았다. "저는 아나크림 888입니다." 목소리가 계속해서 말했다. "저는 인공 지능이며, 당신은 저와 대화를 할 수 있습니다."

"감탄이 절로 나오지 않아?" 제롬이 외쳤다. "너만 알고 있어,

소피. 공식적으론 이 방과 프로그램은 존재하지 않아. 내무부와 국방부에서 시험 삼아 여기에 설치한 거야. 그러니까, 우린 이 자리에 없는 거야. 있었던 적도 없고."

"이해했어." 소피가 말했다. "내 USB 연결해도 돼?"

소피가 USB를 꺼내 컴퓨터에 연결했다.

"조깅하던 사람들이 살해당한 살인 사건입니다." 목소리가 말했다. "그리고 새로 일어난 범죄와 연관성이 있습니다. 즉, 연관성이 성립된다는 뜻입니다. 공통된 무기와 수법이 사용됐습니다."

"정말 말해도 돼?"

"응. 해 봐."

"정말 내 스타일이 아니긴 하지만⋯⋯." 소피가 중얼거리고 나서 크게 호흡했다. "새로운 변수가 생겼어."

"무엇입니까?" 목소리가 물었다.

"이 사건과 유사한 범죄들을 묘사한 소설이 있어. 누가 이 책을 썼는지는 아무도 모르고, 심지어 이 책의 편집자조차도 몰라. 모든 일의 시작점은 원고 검토부라는 곳인데 이쪽을 파헤쳐 볼 생각이야. 해당 부서의 모든 직원과 책임 편집자의 행적 조사는 이미 마쳤어. 세상에, 내가 기계에게 말을 하고 있다니." 소피가 한숨을 쉬며 말했다.

제롬 보드리에가 그녀의 어깨에 손을 올렸다.

"그만해. 아나크림 기분 나쁘겠다."

"그렇지 않습니다, 보드리에 경위님. 인공 지능과 처음 만나면 혼란스럽기 마련이죠. 탕슈 경위님의 직감과 책 얘기로 돌아와서 실제로 조사를 해 봐야겠습니다. 소설의 제목이 무엇입니까?"

"《설탕 꽃들》. 작가 이름은 카미유 데장크르. 책은 내 가방에 있는데."

"괜찮습니다. 웹에서 찾아보겠습니다. 찾았습니다. 읽기를 완료했습니다."

"다 읽었다고?"

"저는 경위님이 읽는다는 의미로 읽은 것이 아닙니다. 내용상의 지식을 습득한 것입니다."

"몇 초 만에?"

"정확히는 1나노초 만입니다. 사건 간의 동일성은 매우 불안정합니다. 다만 유의할 만한 세부 사항 한 가지가 있습니다."

"말해 봐."

"소설 속 마지막 죽음입니다."

"응?"

"머리에 구멍이 있다는 말이 없습니다."

소피는 《설탕 꽃들》을 꺼내 해당 대목을 다시 읽어 보았다. 기계가 옳았다. 꿇어앉은 채로 죽었다는 말은 있었지만 무기와 상흔에 대해서는 언급하지 않았다.

"정확해." 그녀가 확인하며 말했다.

"책 속의 남자들과 사건의 남자들이 동일 인물이라고 말할 수 있는 확률이 높습니다."

"원고 검토부에 대한 내 가설은…… USB에 시간대별 행적이 들어 있어."

"읽었습니다. 그러나 경위님의 가설은 가능성이 없습니다."

소피의 얼굴이 일그러졌다.

"알리바이가 없는 사람들도 있다고!" 그녀가 받아쳤다.

"물론 데이터에 부합하는 이름이 하나 있습니다."

"누군데?"

"블라드 코마네스쿠입니다."

소피는 동료를 돌아보았고 그는 눈썹을 들썩였다. "수사 초기에 체포했지만 풀려났어. 경범죄 전과자. 루마니아 밀수자와 연루됨. 30대. 무기 애호."

"다양한 폭력 범죄와 마약 밀매에 연루되어 형을 받았다는 범죄 기록이 있습니다." 목소리가 이어서 말했다. "나이트클럽 토르의 사장은 마약 밀매로 유죄를 선고받았습니다. 블라드 코마네스쿠는 얼마 전 출소했습니다."

"그건 몰랐네." 소피가 말했다.

"블라드 코마네스쿠는 강도 혐의로 징역 1년을 선고받았습니다. 행동 반경은 항상 노르망디 내였습니다. 엄밀히 말해 그는 이번 사건 파일의 모든 범죄와 일치하는 유일한 사람입니다. 그의 전과를 고려할 때 그가 제1 용의자입니다."

소피는 기계 앞에 말없이 서 있었다.

"실망했구나." 보드리에가 그녀를 살피며 말했다.

소피는 눈을 감았다.

"누가 《설탕 꽃들》을 썼지?" 그녀가 물었다.

"카미유 데장크르입니다." 목소리가 대답했다.

"내 사건과 이 책 사이에 연결 고리가 있나?"

"한 가지가 있는 것 같지만 탐색할 수 없습니다. 사건 파일에서 검색이 불가능합니다. 도움을 드릴 수 없어 죄송합니다, 경위님."

시장이 그려 준 지도는 비포장길이 갈라지는 지점까지는 완벽했
다. 알랭은 오른쪽으로 그어 놓은 화살표에 맞게 따라갔지만 그
길이 어디로도 연결되지 않는다는 사실만 확인했을 뿐이었다. 그
는 돌연 차를 멈추었다. 맨바닥이 드러난 곳 하나 없이 나무만 무
성했다. 그는 내비게이션상 가장 가까운 민가를 목적지로 설정하
고 1시간 15분을 달려왔다. 내비게이션의 음성은 회전 교차로에
서 왼쪽 첫 번째 또는 두 번째 출구로 나가라든지, D137 국도를
4킬로미터 직진하라든지 하는 모든 안내 정보를 가르쳐 주더니
잠잠해졌다. 알랭은 시장의 그림을 꺼내 다시 확인했다. 화살표
가 오른쪽을 가리키고 있었다. "목적지에 도착했습니다." 내비게
이션이 갑작스럽게 말하는 통에 알랭은 놀라 펄쩍 뛰었다. "이, 바
보야." 욕이 나왔다. "아니라고. 안 도착했다고." "목적지에 도착했
습니다." 음성이 침착하게 반복하자 알랭은 눈을 감고 한숨을 쉬
었다. "목적지에 도착했습니다." 자동차 실내에 반복해서 울리는
음성은 불쌍한 인간의 항변에도 아랑곳하지 않는 육신 없는 신의

목소리처럼 들렸다.

알랭은 안전벨트를 풀고 차 밖으로 나와 문을 쾅 닫았다. 나무 사이로 언뜻 보이는 비탈을 오를 작정이었다. 거기서는 이 지대를 좀 더 넓게 조망할 수 있을 것 같았다. 저 멀리 집 한 채가 눈에 띄었다. 높이가 낮고 짚으로 지붕을 얹은 집이었다. 하늘로 솟아오르는 흰 연기 줄기를 보니 누군가가 정원에서 나뭇가지나 나뭇잎을 모아 태웠음이 분명했다. 알랭은 비탈을 내려간 다음 초원을 가로질렀다.

그는 높은 벽돌 벽으로 둘러싸인 정원의 출입문 앞에 도착했다. 초인종을 찾아보았지만 빗물에 푸르스름해진 쇠사슬이 달린 낡은 청동 종만 있었다. 초인종과 인터폰은 익히 보아 왔지만 종이라니. 이번에는 전화로 상대에게 마음의 준비를 시킬 수 없었다. 부르크빌 시정에서 전 시장의 전화번호를 알려 줄 수 있는 사람은 아무도 없었다. 추측하기로 그는 휴대 전화가 없고, 유선 전화가 있어도 공공 전화번호부에 번호 등록을 거부한 것으로 보였다. 셈을 해 보면 장 폴 푸르니에는 여든여덟 살 정도였다. 알랭은 목을 가다듬고 심호흡을 두 번 한 다음 혼잣말로 중얼거렸다. "시장님, 저는 루앙 지방 사법 경찰대 마사르 경위입니다. 매우 심각한 소식을 갖고 왔습니다. 좋아. 이 정도면 괜찮아." 그는 쇠사슬로 손을 뻗어 종을 울렸다.

답이 없었다. 두 번 더 종을 울렸지만 정적만이 돌아왔다. 알랭은 문을 열고 정원으로 슬쩍 들어갔다. 정원 한쪽에 채소밭이 일구어져 있었고, 바위 위로 성모상이 우뚝 서 있었다. 채소에 거름을 뿌리듯 기적이라도 내려오길 바랐던 것일까? 기적 같은 소식이 아니라 외려 그 반대 소식을 가져온 알랭은 성모상을 지나며 성호를 긋지 않을 수 없었다. 현관문을 두드려도 별다른 응답이 없었으나 문이 열려 있기에 안으로 들어갔다. 넓은 거실에 엇갈린 문양의 나무 기둥들로 둘러싸인 텔레비전 공간이 있었다. 그곳을 마주 보는 쪽에는 단출한 주방이 있었다. 주방에는 등받이 없는 의자가 놓인 작은 바(bar)가 갖추어져 있었다. BFMTV 채널이 틀어져 있는 텔레비전 소리가 다소 크게 설정되어 있었다. 뭉근하게 끓고 있는 압력솥에서 새어 나오는 냄새가 포토푀*일 거라고 알랭은 짐작했다. 텔레비전으로 다가가 보니 그가 아침에 본 광경이 화면에 나오고 있었다. 단, 무릎 꿇은 시신은 빼고 택시만 화면에 잡혔다. 한 젊은 여자가 방송국 로고가 찍힌 마이크에 대고 이렇게 말했다. "택시 운전사였던 마르크 푸르니에는 특이할 만한 부분이 없는 사람이었습니다만, 이 살인 사건이 이전의 다른 살인 사건과 연관성이 있는 걸로 보임으로써 커다란 주목을 받고 있습니다. 1년·전 이 현장에서 20킬로미터 떨어진 곳에서 공중인인 다미앙 페르쇼드와 토르라는 나이트클럽의 사장 세바스티앙 발라르의 시신이 발견된 바 있습니다. 범행 수법도 동일합니다. 시

─────── * 여러 가지 채소와 고기를 솥에 넣고 푹 고아 만드는 프랑스 요리.

181

신은 꿇어앉은 자세였고 머리에 한 발의 총상이 있으며, 특히 이 남성들은 서로 아는 사이였다고 합니다. 이 세 건의 범죄는 어떤 관련이 있는 것일까요? 왜 1년의 간격을 두고 새로운 살인 사건이 발생한 것일까요? 사발에 담긴 사과주와 리바로 치즈로 먹고 사는 평화로운 작은 마을에서 생긴 끔찍한 사건에 대해 수사관들은 말을 아끼는 가운데 아무런 실마리도 찾지 못하고 있습니다."

기자는 시장을 만나서 자신이 들었던 그 장광설을 똑같이 들었던 모양이다. 알랭은 고개를 돌려 소파를 보고 소스라치게 놀랐다. 방석을 세 겹이나 깔고 앉은 한 남자 노인이 깃털이 허옇게 센 맹금처럼 꼼짝도 하지 않고 그를 응시하고 있었다.

"저는 루앙 지방 사법 경찰대 마사르 경위입니다." 알랭이 자신을 소개했다. "아드님의 사망 소식을 알려 드리려고 왔습니다만, 이미 아셨겠군요."

노인은 텔레비전을 끄고 바닥을 바라보며 고개를 끄덕였다.

"시장님, 무슨 일이 일어나고 있는 겁니까? 이 사람들이 왜 죽은 거죠?"

전 시장은 알랭의 눈을 뚫어지게 바라보았다.

"말씀해 주세요……." 알랭이 부드럽게 말했다. "이들이 무슨 잘못이라도 저질렀나요? 저는 시장님만큼은 알고 계시리라 확신합니다." 알랭이 도발적으로 덧붙였다.

노인은 계속해서 알랭을 쳐다보기만 할 뿐 입을 열지 않았다.

그렇게 서로를 쳐다보며 얼마간의 시간이 흘렀다. 알랭은 이런 시골 사람들의 습성을 잘 알고 있었다. 그들은 가족의 비밀이나 의심스러운 죽음에 관해 절대로 입을 열지 않으며 사소한 정보조차 밝히기를 거부했다. 설령 그들에게 중세 시대의 온갖 고문을 가할지라도 그들은 알고 있는 사실을 발설하지 않을 것이었다.

"제과사 르파주의 설탕 꽃들 말입니다. 그게 실마리인 것 같습니다. 이름이 르파주 맞죠?"

노인은 입을 꾹 다물고 있었다.

"말씀하고 싶지 않으세요? 아주 영원히 입을 다물 작정입니까!" 알랭이 벌컥 화를 냈다. 그러고는 주머니에서 휴대 전화를 꺼내 구글에서 '비올렌 르파주'의 이미지를 검색했다. 그는 출판사 공식 홈페이지로 들어가 검은색 배경 앞에서 책 더미에 둘러싸여 가볍게 미소 짓고 있는 비올렌의 사진을 찾아 눌렀다. 그리고 사진을 화면에 가득 차게끔 확대해서 전 시장의 얼굴에 가져다 댔다.

"이 여자 아세요?"

노인은 사진을 응시하더니 눈을 감고 고개를 돌렸다. 알랭은 평정심을 되찾았다. 그에겐 할아버지뻘이고, 게다가 방금 전에 아들이 죽었다는 소식을 듣게 된 남자 앞에서 화를 내는 건 무례하기도 하거니와 문득 소용없는 일처럼 생각되었다. 그러나 기대와 달리 남자는 항복한다는 표시라도 되는 듯 손을 들었고 알랭은 순간 그가 입을 열려나 보다 하고 생각했다. 노인은 실어증에 걸린 것처럼 알랭에게 소파에 앉으라는 몸짓을 하고 힘겹게 일어나 부엌으로 향했다. 그는 포토푀를 끓이는 가스 불을 끄고 계단으로 향하더니 층계를 오르며 사라졌다.

알랭은 그가 뭔가를 찾으러 갔다고 상상했다. 대관절 뭘 찾으러 간 걸까? 누렇게 바랜 사진으로 가득 찬 철제 상자일까? 그 사진들을 보며 드디어 모든 걸 털어놓을 심산일까? 알랭은 노인이 소총을 찾으러 갔을 수도 있겠다고 생각했다. 계단 위에서 자신을 향해 총을 한 방 쏜 후 다시 거두어들일 수도 있었다. 알랭은 업무용으로 지급 받은 권총을 쥐고 안전장치를 해제했다. 몇 분이 흘렀지만 집에서는 아무 일도 일어나지 않았다. 부엌 창문을 보니 말벌 한 마리가 끈질기게 창유리를 통과하려 했다. 둔탁한 소리를 들은 알랭이 천장 쪽으로 눈을 들었다. 전등이나 재떨이 같은 어떤 물건을 떨어뜨린 것 같은 소리였다.

"시상님?" 그가 노인을 불렀다. "푸르니에 씨?"

알랭은 자리에서 일어나 층계를 오르기 시작했다. 노인을 상대로 손에 쥔 권총이 너무 지나친가 싶었지만 어쨌든 권총이 있어 안심은 되었다. 2층에 도착한 그는 재차 노인을 불렀다. "시장님?" 그가 살짝 열린 문 쪽으로 다가가 문을 밀었다. 방을 가로지르는 들보에 묶인 밧줄 끝에 노인이 매달린 채 천천히 흔들리고 있었고, 그 옆에 등받이 없는 의자가 뒤집혀 있었다. 눈앞의 광경에 충격을 받은 알랭은 그 자리에 얼어붙었다. 그러다 계단을 네 개씩 뛰어 내려와 부엌의 모든 서랍을 열며 칼을 찾았다. 그리고

다시 위층으로 가 의자에 올라서서 가느다란 밧줄을 끊어 내려
했다. 좀처럼 잘리지 않던 밧줄의 남은 나일론 줄 한 가닥이 마
침내 끊어졌다. 전 시장의 몸이 무게 그대로 우당탕 떨어지는 바
람에 알랭과 의자도 덩달아 휩쓸렸다. 알랭이 바닥에서 가까스로
몸을 돌렸을 때 마루에 떨어져 있는 눈 뜬 노인의 머리가 보였다.

"난 괴물이야……."

"아니야. 당신은 그저 복합적인 인격을 지녔을 뿐이야." 스탱이 반박하며 전자 담배를 피웠다.

상담실은 희미한 빛에 잠겨 있었고 평소처럼 커튼이 처져 있었다. 그런데 비올렌에게는 보조 조명들의 불빛이 더 어두워진 것처럼 보였다. 스탱은 새로 장만한 전자 담배의 두터운 연기 뒤에 가려 실루엣을 분간하기 어려웠다.

"난 에두아르를 사랑해. 오직 그 사람만을 사랑한다고. 그런 내가 그이를 배신했어. 왜 그랬을까?"

전자 담배 용액이 지글지글 끓는 소리만 대답처럼 들려왔다.

"넌 왜 아무 말도 안 해. 짜증 나, 피에르. 치사한 놈……."

스탱은 비올렌에게 그녀가 예전에 털어놓았던 연인 관계를 적어 둔 목록을 알려 준 참이었다. 단, 이름을 알려 주는 건 거부했다. "이름은 당신의 무의식 속에서 떠오를 거야. 아닐 수도 있고.

그건 중요하지 않아. 무작위로 재생되는 포르노 영상처럼 플래시 형태로 떠오를 거야." 비올렌은 대답 대신 긴 의자 위에 있던 쿠션을 집어 던졌다. 피에르가 쿠션을 공중에서 낚아채 안락의자 등받이에 기대 두었다.

"이 의자에 앉아 있는 것도 질렸어."

비올렌은 지팡이를 짚으며 일어섰다.

"반항이라······." 스탱은 흥미로운 눈으로 비올렌을 쫓으며 속마음을 입 밖으로 꺼냈다.

"그럴지도." 비올렌이 말했다. 그녀는 항아리, 단지, 도기 접시 따위가 잔뜩 진열된 선반으로 다가갔다. "왜 이런 도기를 수집하는 거야? 시골 근처에도 안 가 봤으면서. 평생 소란 걸 본 적은 있나 몰라."

피에르가 웃었다.

"수집이란 세 번째 것을 구하려는 순간 갖고 있던 두 개에서 시작하는 거지." 그가 말했다.

"내가 애인을 수집했던 것처럼?"

대답 대신 다시 연기와 함께 전자 담배가 끓는 소리만이 상담실을 채웠다.

"'나 그 남자들을 알아'라고 당신이 《설탕 꽃들》에서처럼 살해당한 놈들에 대해서 말했었지."

"또 다른 남자가 살해됐어."

"그 남자도 안다고 생각하는 거야?" 비올렌은 대답하지 않았다.

"침묵도 대답일 수 있지." 스탕이 간결하게 말했다. "아기는 왜 안 가져?" 그가 뜬금없이 물었다.

"가질 수 없어."

"가질 수 없는 거야, 갖고 싶지 않은 거야?"

"가질 수 없고, 갖고 싶지도 않아. 무엇이든 간에, 누구든 간에, 그걸로 인해 내가 사랑하는 남자와 분리되고 싶지 않아. 난 셋이건 네다섯이건 다 별로야. 계속 둘인 게 좋아. 영원히! 이제 내 대답에 만족해?"

"그것도 대답이 될 순 있지……." 스탕이 부드럽게 말했다. 비올렌은 벽난로로 다가가 거울을 보았다.

"탕슈 경위의 반지를 돌려줬어. 내가 훔쳤었거든."

"잘했어." 스탕이 새로운 담배 연기 속에서 비올렌을 칭찬했다.

"있잖아, 나 뤽상부르 공원에서 프루스트 봤어. 놀랍지 않아?" 그녀가 스탕을 돌아보며 말했다.

"말 돌리는 거야? 그럼 프루스트 얘기나 좀 해 보자. 그를 봤고, 그다음엔? 근데 그건 일종의 감정의 투영을 본 거야."

"우린 대화도 나눴어, 피에르. 그 사람이 대답도 했다니까." 비올렌이 끈질기게 주장하며 눕기 위해 침상으로 다가갔다.

"그리 놀랄 일은 아니야. 내 환자 중에는 20년도 더 전에 죽은 래브라도리트리버에게 말을 거는 사람도 있었어. 오해하지 마.

전혀 이상한 사람이 아니고 CAC 40* 명단에 올라 있는 기업 임원이야. 불안한 순간이 올 때마다 자기 개가 곁에 있는 게 보인대. 그러면 마음이 놓이고. 당신도 프루스트를 보면 마음이 놓여?"

"응."

"그렇다면 그는 정말 네 곁에 있는 거야. 우리도 그 이상은 크게 아는 바가 없어. 종교는 너무 자세하거나, 아니면 너무 뜬구름 잡는 답만 내놓을 뿐이지. 어쨌든 두 쪽 모두 받아들이긴 힘들다, 이 말이야."

"지금 나 놀리는 거지?"

"아니. 전혀. 진지하게 말하는 건데? 또 다른 건?"

비올렌은 침상 위에 다리를 올리고 가는 금속관들을 매만지며 천장을 응시했다.

"피에르, 혹시 내가 《설탕 꽃들》을 쓰고 기억 못하는 건 아닐까?"

"……. 그랬길 바라는 거야?"

"그래." 비올렌이 한숨을 내쉬며 대답했다.

"왜?"

비올렌은 아무 말도 하지 않았다. 상담 시간이 끝날 때까지 전자 담배의 용액이 부글거리는 소리만 들렸다.

---

* 파리 증권 거래소에서 가장 거래가 활발한 상위 40개 회사.

구급대원들이 시신을 수습했다. 이웃집에서 '필요한 경우' 연락
하라며 받았다는, 30킬로미터 떨어진 곳에 사는 어떤 여자의 전
화번호 덕분이었다. 알랭은 엉겁결에 준비한 대사를 다시 읊어야
하는 상황에 놓이게 되었다. "전 시장님께 매우 심각한 일이 일어
났습니다." 이번에는 뒤따라오는 말이 간단해졌디. "시장님께서
갑자기 스스로 목숨을 끊었습니다." 여자는 "제가 가죠." 하고 간
결하게 대답했고, 알랭이 설명을 덧붙였다. "저는 없을 겁니다, 선
생님. 현장을 떠나야 하거든요. 구급대장의 연락처를 알려 드리
겠습니다." 일련의 일들로 인해 완전히 기진맥진해진 알랭은 구
급대원들이 보는 앞에서 거리낌 없이 부엌에 딸린 바에 앉아 레
드 와인을 한 잔 가득 따라 마셨다. 그러고 나자 1년 전 놓쳤던
블라드 코마네스쿠를 빨리 추적하라는 소피의 연락을 받았다. 그
들의 날 선 통화 소리에 구급대원들이 알랭 쪽을 두 번이나 연거
푸 돌아보며 노인의 시신을 넣은 가방 지퍼를 올리고 들것에 실
었다. 목소리가 높아졌다. "아니야!" 알랭이 맞섰다. "노인이 목을

맨 건 아들이 마약 밀매에 손을 대서가 아니라고! 내가 설탕 꽃들에 대해 말을 꺼냈더니 답변을 거부했어. 제과사 르파주에 대해서도 일언반구 대꾸가 없었고. 네가 말한 편집자의 사진을 보고선 고개를 돌려 버렸어. 시장은 수치심에 목을 맨 거야, 소피. 그리고 입을 다물기 위해서. 네가 말한 설탕 꽃들을 봤어. 내 두 눈으로 똑똑히 봤다고!"

대화는 알랭의 입에서 즉시 블라드 코마네스쿠를 수색하겠다는 대답이 나온 뒤에야 끝이 났다. 차에 올라탄 그는 내비게이션을 끄고 루앙을 향해 달리기 시작했다.

알랭은 시청의 거대한 자료 보존실에서 작은 책상 앞에 앉아 이름과 직업별로 서류를 분류하며 사건과 일치하는 자료를 찾았다. 많은 자료가 디지털화되었지만 루앙의 제과 제빵사들에 관한 자료는 그렇지 않았다. 현재에 대한 정보는 인터넷이나 인트라넷을 통하면 쉽게 찾을 수 있고, 아주 오랜 과거도, 특히 관광객들이 호기심을 가질 만한 내용은 검색이 가능했다. 그러나 특별한 관심을 끌지 않고 루앙에 정착했다가 사라진 상인들의 삶은 정부가 시행했던 디지털화 정책의 대상이 아니었다. 그래서 알랭은 누렇게 바랜 상업 분야 서류에서 출생과 사망 정보를 일일이 대조하고 있었다.

1시간이 지난 끝에 그는 제과 제빵사 르파주를 찾아냈다. 25년 전 개점. 현재는 매각됨. 알랭은 사망 신고서와 출생 신고서 기록에서 원하던 바를 찾을 수 있었다.

수사 내용을 기록하는 검정색 몰스킨 수첩에는 두 쪽에 걸쳐 글씨를 삭제하기 위해 그은 줄이 빼곡했고, 그 끝에는 다음과 같은 새로운 내용이 적혀 있었다.

"부르크빌 출신. 앙리 르파주와 폴린 르파주. 앙리는 제과 제빵사이며 폴린은 조산사임. 자녀는 엘렌과 파비엔. 파비엔은 엘렌이 태어난 지 18년이 지난 후에 출생했으며 1년 전 사망."

알랭이 열람한 파일에 따르면 창문을 통한 투신자살이라고 되어 있었다. 부모는 그보다 몇 달 앞서 자동차 사고로 사망했다. 보아하니 엘렌은 자취를 감춘 것 같았다. 비올렌 르파주라는 언급은 어디에도 없었다.

"왜 두 자녀 사이에 그렇게 긴 터울이 있는 거지? 또 둘째 딸은 왜 자살한 걸까?" 알랭이 수첩에 직었다. 또한 그는 엘렌의 출생일이 그 편집자의 현재 나이와 일치한다는 점을 발견하고 다음과 같이 적었다. "엘렌과 비올렌이 동일인일 가능성은?"

알랭은 드디어 사건의 심장부를 건드렸다는 느낌을 받았다. 소피는 인공 지능 프로그램에 대해 입을 닥쳐야 할 테고, 안타깝지만 블라드 코마네스쿠는 그날그날 밀수를 계속할 수 있게 되었다. 알랭은 곧 손가락에 닿을 듯이 진실에 다가섰다는, 어렴풋하면서도 매혹적인 기분을 맛보았다. 부르크빌 시장실 유리문 너머의 설탕 꽃들과 끊임없이 등장하는 르파주라는 이름, 입을 여느니 차라리 목을 매는 길을 택한 늙은이. 모든 조각들이 맞춘 듯 들어맞았다. 이 사건은 마약이나 토르 사장의 질 나쁜 손님들과는 아무런 관련이 없었다. 그보다 더 거슬러 올라가야 했다. 해답은 과거에서 찾을 수 있었다. 모든 일이 원고 검토부에서 시작되었다는 소피의 직감도 근거로 삼아야 했다. 알랭은 눈을 감고 머릿속을 비운 다음 눈앞의 모든 요소를 재구성해 보았다. 성공한다면 피뢰침에 떨어지는 벼락같이 하나의 가설이 불현듯 떠오를 테고 그러면 진실이 밝혀지리라. 한밤중에 잠에서 깨 물을 마시러 부엌으로 나가기 위해 어둠에 잠긴 방 안에서 문고리를 찾는 것처럼, 알랭은 더듬거리며 진실을 찾아 나아갔다. 그는 사건의 근원이 가까이에 있음을 피부로 느꼈고 그것을 구체화하기 시작했다. 소피가 옳았다. 모든 일은 원고 검토부로부터 비롯되었다. 1분도 되지 않아 그는 신빙성 있는 이론을 세웠다. 그때 갑자기 휴대 전화 진동이 울리는 바람에 알랭은 너무 놀라 숨이 멎을 뻔했다. 지방 사법 경찰대 동료로부터 걸려 온 전화였다. "알랭." 상대방이 운을 뗐다. "지금 택시 기사가 살던 집 지하의 와인 저장고 격벽을 깨부쉈어. 상자가 하나 나왔는데 온통 엑스터시랑 코카인이야. 어마어마한 양이야! 내 말 들려?" 알랭이 잠자코 있자 상대가 다그쳤다. "그래. 듣고 있어." 그가 겨우 응답했다. 전화를 끊었다. 망연자실한 알랭이 앞에 놓인 기록들과 몰스킨 수첩을 바라보았다. 모든 게 물거품처럼 사라졌다. 모든 패들이 자취를 감추었다. 게임은 더 이상 진행되지 않았다. 아니, 애초에 시작되지도 않았는지 모른다. 그는 기록물을 덮어서 다시 선반에 가져다 놓고 수첩을 주머니에 찔러 넣은 다음 그 자리를 떴다.

하얗게 빛나는 하늘과 자동차 소음이 성가셔서 그는 선글라스를 꺼냈다. 마약을 둘러싼 평범한 조직 싸움 사건이었다니…….공허한 마음에 몇 백 미터를 걸어 생 로랑 성당 앞까지 왔다. 성당은 오늘날 르 세크 데 투르넬 박물관으로 변모했다. 알랭은 깊은 무력감에 빠졌다. 비르지니를 만나 섹스를 하고 싶다는—아니, 그것조차 하고 싶지 않은지도 모른다—욕구가 뇌리를 스쳤다. 그는 층계에 앉았다. 이 박물관의 특색 있는 소장품은 열쇠였다. 어떤 문을 열 수 있는지, 그것이 어디로 통하는 문인지 영원히 알지 못할 수백 개의 세공된 열쇠가 유리상 안에 늘어서 있었다. 거실로 향하는 문일까? 침실로 향하는 문일까? 정원으로 통하는 문일까? 무슨 문을 여는 열쇠인지도 모른 채 무작정 열쇠를 수집하는 일은 미친 짓이 틀림없다. 어떤 문인지가 중요한 게 아니라 열쇠를 소유하는 것이 중요하다면 모를까. 문득 알랭은 자신이 혼잣말을 하고 있다는 사실을 깨달았다.

며칠 후 루앙 지방 사법 경찰대는 그랑 크빌리*에 있는 블라드 코마네스쿠의 은신처에서 그를 검문했다. 그는 시간을 끌지 않고 자백했다. 요컨대 그는 루마니아 폭력 조직의 보스로부터 사주를 받아 나이트클럽 사장과 그의 공증인 친구, 그리고 택시 기사를 제거했단다. 토르의 사장은 약을 빼돌렸다가 되팔아 사적인 이득을 취할 작정이었고, 늘 이익금에 눈이 멀어 있던 두 친구가 자연스럽게 이를 도왔다는 것이다. 1년 전 살인이 발생하고 며칠 후 블라드 코마네스쿠는 강도죄로 체포되었다. 집행 유예 기간에 또 다른 범죄를 저질렀기 때문이다. 즉시 구류되어 법정에 선 그는 징역 1년에 처해졌다. 그는 출소 후 세 명을 살해하면 받기로 한 돈을 노리고 남은 계약 사항을 이행했다.

수사 과정에서 현금 3만 유로와 범행에 사용된 것으로 확인된 루거 P08이 발견되었다. 그것은 블라드 코마네스쿠가 옛 무

---
* 루앙과 인접한 도시.

기를 거래하는 암시장에서 마련한 것이었다. 전쟁 이후부터 이리저리 떠돌던 그 총을 선택한 것이 그에게는 어떤 상징적인 의미가 있었던 듯했다.

유치장을 나선 소피는 공쿠르상 발표 날짜에 하루 휴가를 내고 집으로 돌아가서 잠을 청했다.

3부

Le service
des manuscrits

가이용 광장에 방송국 차들이 주차되어 있었다. 소형 트럭 하나가 위성 중계용 안테나를 꺼냈다. 그 유명한 레스토랑 앞에는 인파가 몰릴 때 수상자를 경호하기 위해 경장 네 명이 탄 경찰차가 대기하고 있었다. 문인들의 작은 세계가 드루앙으로 운집하기 시작했다. 사람들은 건물 입구에서부터 꼼꼼하게 신원을 확인받고 통과해 1층에 모였다. 인도에서는 이탈리아의 텔레비전 방송국 촬영팀이 오가는 사람들에게 질문을 던져 댔다. 소설 취향이며 수상작 구입 의사를 묻는 것일 터였다. 취재증을 꺼내는 기자들의 행렬이 꾸준히 이어졌다. 얼굴이 신분증이나 다름없는 유명 편집자들도 속속들이 모습을 드러냈다. 이들에게는 출입 허가를 뜻하는 '공쿠르상'이라고 찍힌 직물 팔찌가 채워졌다. 따로 마련된 테라스에는 소규모의 사람들이 모여 있었고, 그 외 다른 이들은 서로 악수를 하거나 포옹을 했다. 권력자들로 이루어진 비밀스러운 미시 세계가 서스펜스 넘치는 기념식을 위해 한자리에 모였다.

가죽 재킷의 지퍼를 목까지 올려 입은 소피가 담배를 피우며 건물 맞은편 인도에서 지켜보는 중이었다. 소피는 유명한 기자 몇몇을 발견하고, 그 건물 내부를 휘젓고 다니며 거기서 이루어지는 대화 소리를 듣고 모든 것을 더 가까이서 지켜보고 싶은 마음에 하마터면 입장을 시도할 뻔했다. 온갖 예측, 비평, 소문 들이 교차하고 있을 디였다. 출입을 허가하는 각종 증명서 중에서도 경찰증이 가장 잘 먹힌다는 사실은 변함이 없었다. 예쁘지만 태도가 불쾌한, 출입 관리를 담당하는 젊은 여자가 경찰 신분증을 마주했을 때의 얼굴을 상상하는 것만으로 소피는 웃음이 나왔다. 비올렌과 그의 상사는 출판사에 모여 있을 게 분명했다. 소피는 손목시계를 한번 보고 지하철역으로 향했다.

소피가 출판사에 내밀 만한 신분증은 없었다. 그래도 안내 데스크의 아가씨는 '르파주 편집자'가 사무실에 있다고 대번에 알려 주었다. 지난번에 두 차례 왔던 사실을 잊어버리지 않은 모양이라고, 소피는 생각했다. 원고 검토부 전 직원이 2층에 있는 그들의 커다란 사무실에 모여 있었지만 딱히 원고를 읽는 것 같지는 않았다. 뮈리엘, 마리, 스테판이 소피를 보고 고개를 까닥이며 인사했고, 비올렌의 방으로 향하는 그녀를 대놓고 지켜보았다. 소피는 그들을 대상으로 작년에 벌어진 살인 사건과 최근 일어난 살인 사건 발생 당일의 시간대별 행적을 조사했었다. 그들이 그 일로 소피를 어렵게 대하는 건가? 하지만 그렇지 않을지도 몰랐다. 혐의를 벗은 용의자들이 그렇게까지 악감정을 품지는 않았다. 그저 자신의 의지와는 상관없이 일상을 벗어난 어떤 사건에 휘말렸고, 평생 갈 이야깃거리 하나가 생겼다는 정도였다.

비올렌의 사무실은 여자 비서와 커다란 소파가 있는 넓은 전실(前室) 너머에 있었다. 거기에는 세르주 갱스부르의 상징인 청바지 대신 검은 정장을 입은 것만 빼면 그 가수를 묘하게 닮은 한 남자가 반쯤 누워 안락함을 즐기고 있었다. 소피가 그 앞에 멈추어 서자 남자가 눈을 들어 그녀를 보았다.

"피에르 스탱입니다."

"소피 탕슈입니다."

"아, 당신이······. 이번에는 반지 잃어버리지 마세요." 그가 덧붙였다. "비올렌이 말해 줬어요. 전 비올렌의 정신 분석 상담사이자 친구입니다. 비올렌은 저에게 거의 모든 것을 털어놓죠. 그러니까 제 말은, 다는 아니고."

스탱은 상냥함과 불편함이 섞인 이상한 감정을 불러일으켰다.

"공기 중에 떠도는 이 긴장감이 느껴지세요? 지금 결과를 기다리는 중인데, 이 사람들은 수상에 실패할까 두려워하면서도 상을 탈 경우를 더 겁내고 있어요. 모든 게 터져 버리기 직전에 나는 가스 냄새 같달까?"

소피는 그에게서 나뭇가지에 앉아 평온하고 심술궂은 미소를 짓는 《이상한 나라의 앨리스》의 체셔 고양이를 떠올렸다. 무슨

일이 벌어지는지 다 관찰하고 다음에 일어날 일을 알면서도 입을
다물고 있는 생명체.

"느껴지네요." 소피가 대답했다.

"누가 라이터에 불을 켜게 될까요?" 스탱이 수수께끼 같은 어
조로 물었다. "아마도 당신이?"

소피는 대답하지 않고 있다가 짧은 갈색 머리에 흰 셔츠를 입
고 창문 앞에 서 있는 어떤 남자와 눈이 마주쳤다.

"누구예요?" 소피가 스탱에게 물었다.

"에두아르요. 비올렌 남편……. 에두아르가 여기 있다는 건 비
올렌이 멀지 않은 곳에 있다는 뜻이죠." 스탱이 전자 담배를 피
웠다. "저렇게 끈끈한 한 쌍은 한 번도 본 적이 없어요." 그가 덧
붙였다. "이상적인 부부의 표본인 셈이죠." 그러고는 하얀 연기를
뿜었다. 지팡이를 짚으며 사무실 문가에 나타난 비올렌의 시선이
소피에게 가 닿았다.

비올렌을 호출한 파스칼이 이제는 정말로 카미유 데장크르를 불러야 한다고 말했다. 비올렌은 한동안 침묵하고 있다가 수상자 발표 2시간 전에야 자신도 《설탕 꽃들》의 작가를 모른다고 털어놓았다. 파스칼의 표정이 일그러졌다.

"장난합니까?" 그가 감정을 억누르며 물었다.

"아니요."

"일주일 전에는 안다고 했잖습니까……. 여자라는 말까지 했잖아요!"

"듣고 싶어 하시는 대로 말씀드린 거예요. 거짓말을 했어요. 죄송합니다."

"뭐라 할 말이 없군요."

"저도 그렇습니다."

비올렌이 자리에서 일어섰다. 그 시간 이후로 파스칼이 사무실에 틀어박히는 바람에 아무도 그를 보지 못했다. 비올렌은 비올렌대로 본인의 방에서 나오지 않았다.

소용돌이와 새 문양을 양각으로 넣은 노란색 리옹산 실크 커튼으로 햇빛이 들어왔다. 인테리어만 보면 가정집에 더 가까운 이 편집자의 방에 오는 것도 이번이 마지막이라고 생각하는 동시에, 소피는 에두아르가 커튼 하나는 제대로 골랐다고 생각했다.

"제가 틀렸습니다." 소피가 운을 띄웠다. "전부 마약과 관련된 일이있습니다. 더불어 편집자님과 원고 검토부를 성가시게 해 죄송하단 말씀을 드리고 싶었습니다. 조사 결과서를 드리려고 가져왔습니다."

비올렌은 고개를 끄덕였지만 듣고 있는 것 같지 않았다. 그녀는 창문으로 들어오는 역광 속에 지팡이를 짚고 서 있었다.

"비행기 구름……."

"네?"

"비행기 구름이요. 비행기가 하늘을 날면서 남기는 하얀 궤적을 그렇게 불러요. 하늘에 영원히 줄이 쳐져 있을 것처럼 보이지만 궤적은 지워지고 아무것도 남지 않죠."

소피는 창문으로 다가가 파란 하늘에서 교차하는 길게 뻗은 흰 선을 보았다.

"왜 모든 일이 여기서부터 시작됐다고 생각하셨나요?" 비올렌은 하늘에서 눈을 떼지 않으면서 질문을 던졌다.

"직감이었습니다. 심농의 시대는 끝난 것 같군요, 르파주 편집자님. 제 사건이 해결된 건 인공 지능 덕분이었으니까요." "해결된 건 아무것도 없답니다, 경위님." 비올렌이 속삭였다. "심농이야

지금도 천재라고 회자되지만, 저는, 그러니까 우리가 이 상을 타게 된다면 제 커리어는 그걸로 끝이에요."

소피는 위로의 말을 하고 싶었지만 적당한 표현을 찾지 못하고 창문으로 고개를 돌렸다. 비행기 구름이 파란 하늘에서 지워지기 시작했다. 소피는 '개나 소나 거리 36번지'의 제롬 보드리에를 생각했다. 그의 말이 맞는지도 몰랐다. 서로의 인생을 낭비해선 안 된다고. 몇 년 만에 처음으로 소피는 심장이 위치한 자리에서 뭔가가 두근거리는 것을 느꼈다.

"커피 한잔하고 가세요." 비올렌이 권했다. "저도 원고 검토부실로 갈게요."

경위가 나가고 비올렌은 검은 휴대 전화 화면을 쳐다보았다. 전화를 걸고 싶은 유일한 한 사람은 바로 샤를이었다. 소피는 책상 서랍을 열어 샤를이 쓰러지던 날 코트에서 가져온 테니스공을 꺼내서 그 위에 손가락을 대고 눈을 감으며 속삭였다. "샤를, 도와주세요. 제발요. 전 이제 어떡하죠." 비올렌은 책상을 따라 미끄러지는 공을 잡지 않았고, 떨어진 공은 바닥에서 튀다가 방 한구석에서 멈추었다. 비올렌은 휴대 전화를 가지고 지팡이를 짚으며 방을 나섰다. 문 앞에서 이야기를 나누던 에두아르와 스탱이 그녀의 뒤를 따라나서는데 비올렌의 휴대 전화 화면에 '베아트리스'라는 글자가 떴다.

"베아트리스 씨, 묻고 싶은 게 뭔지 알아요." 비올렌이 지친 기색으로 말했다. "작가는 여기 없어요. 그리고 제 커리어는 자멸 중이고요."

"아니에요." 베아트리스가 말했다. "그럴 리 없어요. 그녀가 오지 않다니 믿을 수 없네요."

"그녀인지 그인지…… 우린 영원히 알 수 없을 거예요." 비올렌이 원고 검토부로 향하며 결론지어 말했다.

짐시 말이 없던 베아트리스가 투박스럽게 대꾸했다.

"'그녀'예요."

"어떻게 그렇게 확신하실 수 있죠?" 비올렌의 낯빛이 바뀌었다. "잠시만요. 검토서를 작성한 게 당신이잖아요. 베아트리스 씨, 혹시 작가가 누군지 아세요?" 뮈리엘, 마리, 스테판, 탕슈 경위가 커피를 마시고 있는 원고 검토부실 입구에 멈추어 선 비올렌이 물었다.

"그녀와 나의 만남에 대해 발설하지 않겠다고 약속했지만 지금은 아주 심각한 상황이니 그 약속을 깨야겠어요. 누군가가 우리 집을 방문했었어요. 책이 인쇄된 직후였죠. 그녀는 벨을 누르고 자신을 카미유 데장크르라고 소개했어요. 내가 자기 책을 읽고 출판 의견의 검토서를 써 줬기 때문에 나를 보고 싶었다고 했어요. 그때 전 혼자 있었어요……. 그래서 그녀의 생김새를 묘사할 수 없어요. 미안해요. 얼굴을 만질 수 없었거든요. 나무 마룻바닥을 걷는 소리로 미루어 몸무게는 50킬로그램쯤 될 것 같아요. 목소리는 25에서 30세 정도. 말수가 적고 소극적이며 부드러운 발레 플랫을 신고 있었고 향수…… 향수 냄새가 기억나요. 약간 파

206

우더리한 하얀 꽃향기인데……."

"재스민 향기……." 비올렌이 속삭였다.

"맞아요. 그거. 재스민."

비올렌은 천천히 마리를 돌아보았다.

"마리,《설탕 꽃들》을 쓴 사람이 당신이에요?" 마리는 비올렌을, 원고 검토부 전원은 마리를 쳐다보았다. 소피 역시 밝은 눈동자를 가진 금발의 젊은 여자를 뚫어지게 쳐다보았다. 마리는 두려워하면서도 단호한 모습이었다.

"아니……. 마리, 당신 대체 누구야?" 비올렌이 물었다.

마리는 한마디도 하지 않고 비올렌을 계속 쳐다보기만 했다. 그러다가 호흡을 정돈하더니 단숨에 말을 뱉었다. "그러는 당신은 대체 누구죠, 비올렌?" 비올렌은 소리를 죽이고 있었다. 둘은 서로를 관찰하고 있었다. 마치 실물 크기의 인물 모형들이 그들의 삶의 본질을 나타내는 특정 자세와 공간에 멈추어 서 있는 밀랍 인형 박물관 전시의 한 장면인 듯했다. 초록색 눈동자는 더 이상 떨리지 않았으며, 더 이상 마리를 보는 것 같지도 않았다. 마리의 눈동자 역시 이제는 자기만이 아는 추억에 빠진 듯 보였다.

"글자로 창조된 등장인물들이로구먼." 스탱이 한숨을 쉬었다. "둘 다 말을 못해."

소피가 스탱을 쳐다보자 스탱은 소피가 아직 하지도 않은 말에 동의한다는 듯 고개를 숙여 보였다.

"노트와 볼펜 두 자루 좀 가져다주세요." 갑작스러운 소피의 요구였다. 뮈리엘이 소피의 말에 따랐다. 뮈리엘은 마주 보는 두 책상 위에 빈 종이를 나누어 두고 그 위에 볼펜을 하나씩 올렸다.

"모두 나가 주십시오. 지금 당장." 소피가 요청했다. "라부르 씨도요. 그리고 그쪽은 남으세요." 소피가 스탱에게 지시했다. 그리고 방문을 닫았다.

마리는 자기 자리에, 비올렌도 책상 앞에 앉았다.

"'본인의 이름은'으로 시작하겠습니다." 소피가 말하며 스탱을 돌아보니 고개를 끄덕거리며 동의의 의사를 전했다.

마리와 비올렌은 얼굴을 비추어 보는 물웅덩이라도 되는 양 빈 종이를 마주했다. 그들은 숨을 참고 있는 것처럼 보였다. 스탱은 비올렌의 목을 따라 늘어선 정맥이 뛰는 모습에서 시선을 떼지 않고 있었다. 움직임 없는 그녀의 육체는 매혹적인 구석이 있었다. 탕슈 경위도 책장에 등을 기댄 채 미동도 하지 않았다. 소피는 남이 쓴 글을 읽는 이 방에서 처음으로 그 외의 글이 쓰이는 것을 곧 두 눈으로 보게 되리라고 생각했다. 일생일대의 가장 중요한 글이 쓰이는 것을 말이다. 마리의 호흡은 한층 산만해졌다가 차츰 가라앉았다. 잠시 마음의 동요를 이기지 못한 소피가 스탱을 향해 걱정스러운 눈길을 던졌고, 스탱은 대답 삼아 눈을 깜빡이면서 자신은 여전히 믿고 있다는 사인을 보냈다. 둘 다 털어놓을 것이라고. 그들에게 글을 쓰도록 한 것이 미친 짓이 아니라고. 지하 예배당 같은 침묵 속에서 최후의 순간이 길게 이어졌다.

비올렌이 먼저 간결하고 단호한 동작으로 금속 울리는 소리
와 함께 펜 뚜껑을 빼 들어 종이 위에 펜촉을 댔다. 마리도 즉시
뒤따랐다. 칼집에서 칼을 빼 든 결투 현장의 두 전사처럼 그들은
글을 써 내려가기 시작했다.

제 이름은 비올렌 르파주이고, 본명은 엘렌 르파주입니다.

저는 부르크빌이라는 노르망디의 작은 도시에서 제과 공예가인
아버지와 조산사인 어머니의 딸로 태어났습니다. 문학계에 발을
들여놓기나 편집자가 될 만한 요소는 전혀 없었습니다. 이 글을 쓰
는 지금 미칠 것 같은 지경이지만 한 번도 입 밖에 내지 않았던 사
실을 밝히려 합니다. 제 남편에게도, 담당 정신 분석 상담사에게
도, 그 누구에게도 말하지 않았던 사실입니다.

25년 전 저는 완전히 다른 사람이었습니다. 대학 입학 시험을 치른
지 얼마 안 된 시기였습니다. 독서에 약간의 관심이 있고, 막연하
게 남자와 자유에 대한 환상을 품은 소녀였습니다. 그런 제 인생을
토르라는 나이트클럽이 완전히 뒤집어 놓았습니다. 날씨가 화창
했던 그날 햇볕을 만끽하는 걸로 만족하고 밤을 탐하지 말았어야
했습니다. 그날 이후로 밤은 저에게 공포가 되었습니다. 해가 지자

마자 두려워집니다. 제가 그곳에 가도록 두지 말았어야 했습니다. 그러나 저는 가고 말았습니다. 그곳에서 춤추고 즐겼습니다. 아니, 그러는 척했는지도 모릅니다.

스쿠터를 타고 나이트클럽에 갔고, 지금은 이름조차 기억나지 않는 남녀 친구들을 만났습니다. 그러다 밤이 늦은 시각에 서로 붙어 다니는 네 명의 무리를 마주쳤습니다. 토르 사장 아들 세바스티앙 발라르, 공증인 아들 다미앙 페르쇼드, 시장 아들 마르크 푸르니에, 피에르 라카즈였습니다. 입시철 여름이었습니다. 모든 애들이 대학 입시를 준비 중이었지만 라카즈만은 예외였습니다. 대학에 관심이 없다고 줄곧 말해 온 라카즈는 나중에 유명한 요리사가 될 거라며, 따라서 수학이나 문학은 공부할 필요가 없다고 떠들었습니다.

그때의 음악과 바가 기억납니다. 토르는 부르크빌 외곽의 숲 근처에 있었습니다. 그 애들이 저에게 술을 사 주었습니다. 술에다 뭘 넣었던 걸까요? 지금도 종종 궁금합니다. 영원히 알 수 없겠지만. 담배를 피우러 몇몇이 어울려 나이트클럽 밖으로 나갔는데, 그 넷이 저를 둘러싸고 있었습니다. 분위기가 이상했습니다. 그들이 뭔가를 마셨다고 생각합니다. 세바스티앙 발라르는 대마초와 코카인을 하는 애였고 엑스터시에도 손을 댔습니다. 그때 위험을 감지했어야 했습니다. 누가 보아도 위험한 상황이었으니까. 그 애들이 저에게 숲 입구까지 산책을 하자고 제안했습니다. 그들을 따라가는데 어느 순간 주변에 저와 그 넷밖에 남지 않았다는 걸 알게 되었습니다. 같이 있던 나머지 애들은 우리를 따라오지 않았습니다. 마르크 푸르니에가 저를 끌어안으려 했고 저는 완강히 거부했습니다. 그러나 그는 멈추지 않았습니다. 제가 다시 거부하자 발라르가 손목을 붙잡았고 페르쇼드가 제 엉덩이를 움켜쥐며 바닥에서 저를 들어 올렸습니다. 저는 그 울부짖음과 공포가 아직도 생생히 기억납니다. 하지만 그다음은 더 이상 기억나지 않습니다.

아니, 그다음은 너무나 폭력적이기에 글로 적을 수 없습니다. 저는 라카즈의 차 안에서 깨어났고 그들은 저를 집에 데려다주었습니다. 난처해하는 분위기였습니다. 저는 뒷문을 통해 농가로 들어가며 생각했습니다. '난 강간당했어. 그들이 날 강간했어.' 생각을 떨치려 했지만 장면들이 머릿속에서 떠나지 않았습니다. 제 몸에 들어온 그들의 성기가 여전히 느껴지는 것 같았습니다. 그들이 저를 손으로 붙들었고 제가 소리를 질렀다는 것도 알고 있었습니다. 콘돔이 넘겨지는 것도 보았습니다. 그럼에도 저는 그 일이 일어났다는 사실을 거부했습니다. 다음 날 부모님이 잘 다녀왔는지 물었고 저는 그렇다고 대답했습니다. 더 이상 생리를 하지 않는다는 것을 알고서도 정신적 충격을 받은 탓으로 넘겼고 그렇게 오랜 시간을 지냈습니다. 너무 오래였습니다. 요즘은 임신 거부증이라는 명칭이 있지만 그때는 그런 단어를 들어 본 적도 없었습니다. 마른 몸이었던 저는 살도 찌지 않았고 그저 의구심만 있었습니다. 대학에 들어가고 나서 병원에 갔더니 의사가 임신이라고 했습니다. 의사는 임신 사실을 여태 몰랐다는 것 외에는 크게 놀라지 않았습니다.

그러면서 종종 있는 일이며 대개는 곧 알게 된다고 했습니다. 임신 중절을 할 수 있냐고 물었더니 의사가 눈을 동그랗게 뜨며 "기간이 지났어요. 외국에서도 마찬가지예요."라고 덧붙였습니다. "대체 무슨 일이 있었던 거예요?" 의사는 심각한 사태라고 느꼈던 것 같지만 저는 아무 대답도 하지 않은 채 심지어 진료비도 내지 않고 병원을 나왔습니다. 도망치듯이. 그 순간 죽을 결심을 했습니다. 할아버지가 노르망디 상륙 작전 이후 퇴각하는 독일군으로부터 습득한 SS 권총이 지하실에 있었습니다. 상자 안에 있는 권총과 총알을 꺼내 장전하고 저를 향해 총구를 돌려 방아쇠를 당기려 했습니다.

아버지가 나타나서 적잖이 당황했습니다. 일요일이었습니다. 저는 부모님에게 전부 다 털어놓아야 했습니다. 아버지는 미친 사람처럼 다 죽여 버리겠다며 총을 가지고 나가 버렸습니다. 우리는 밤이 되어서야 다시 만났습니다. 아버지는 아무도 죽이지 않고 집으로 돌아왔습니다. 그렇게 해 주길 바랐는데. 아버지가 미웠습니다. 더 이상 아버지를 사랑하지 않기로 했습니다. 어머니는 사태를 진정시키기 위해 아버지를 안방으로 보냈습니다. 어머니는 둘만 있는 공간에서 출산 때까지 이대로 있는 수밖에 다른 선택지가 없다고 했습니다. 저는 그 전에 죽어 버릴 거라고 말했습니다. 하지만 어머니에게 있어 아기는 신성한 존재였고 보호 시설에 아이를 버리는 여자들이 자꾸 떠오른다며 다른 말을 듣지 않으셨습니다.

어머니는 저를 살리기 위해 한 가지 제안을 했습니다. 제가 도저히 그 아이를 보거나 키울 수 없다고 하니, 아이를 낳되 어머니가 그 아이를 자기의 아이로 하고 키우겠다는 겁니다. 저는 임신 사실을 말하지 않아도 되고 말입니다. 출산은 집에서 하고 아기는 어머니가 낳았다고 하기로 했습니다. 모든 게 비밀에 부쳐졌습니다.

저는 평생 떼려야 뗄 수 없는 형제나 자매—실은 제 아들이나 딸이—가 생기게 된다는 사실을 받아들이며 어머니를 증오해 마지 않았습니다.

그 아이가 세상의 빛을 본다는 건 제가 가족을 다시는 보지 않을 작정으로 영원히 떠나야 한다는 의미와도 같았습니다. 저는 그 아이로 대체될 예정이었습니다. 그때를 대비한 계획을 세웠습니다. 그래서 엘렌 르파주를 죽였습니다.
부모님을 비겁자, 미치광이로 매도하면서.

저는 출산 때까지 은둔하며 살았습니다. 대학 1학년 동안 학교에 가지 않았습니다. 잠만 자고 책만 읽었습니다. 모든 프랑스 고전을 다 읽었는데 특히 마르셀 프루스트를 탐독했습니다. 수십, 수백 권의 책을 읽었습니다. 또 모디아노, 에슈노즈, 무라카미, 스티븐 킹 등 훗날 개인적으로 알게 될 작가들의 작품을 읽었습니다. 부모님에게 그들의 책을 사 달라고 하거나 도서관에서 빌려다 달라고 했습니다.

어머니하고만 했던 출산에 대해서는 언급하지 않겠습니다. 부모님이 애 이름을 파비엔이라고 지었다는 건 알고 있습니다.

그 후에 우리는 루앙으로 이사했고 서로 헤어졌습니다. 어머니는 가정에서 출산한 것처럼 꾸며 시청에 아이를 당신 자식으로 신고했습니다. 저는 아르바이트를 해서 생활비를 벌며 학교에 다녔습니다. 서점에서 일자리를 찾았습니다. 그래도 돈이 없었습니다. 저는 돈을 벌려고 남자와 잤습니다. 셀 수 없을 만큼. 낮에는 서점에서 일하고 저녁이면 폰팅으로 만난 남자들과 잤습니다. 이런 생활은 도무지 청산될 기미가 보이지 않았고, 얼마 가지 못해 무너질 것이 분명했습니다. 그러다 우연한 기회로 말미암아 마침내 파리로 떠날 수 있게 되었습니다.

파리에서 샤를을 만나게 되었습니다. 이어서 에두아르를 만났습니다. 이 두 남자는 제 인생에서 유일하게 소중한 사람들입니다.

이름을 비올렌으로 바꾸기로 결심한 것은 방 안에 틀어박혀 독서만 하던 시기에 읽은 폴 클로델의 소설 속 동명의 여주인공을 발견하고부터이지만, 특히 그 이름의 첫 네 글자*에 도발심이 일었기

———————— * '비올렌(Violaine)'의 첫 네 글자 'viol'은 프랑스어로 '강간'이라는 뜻이다.

때문입니다. 엘렌의 삶은 클럽에 가던 날 밤 멈추었지만 비올렌은 가능한 한 멀리 갈 수 있으리라 생각했습니다.

《설탕 꽃들》을 읽었을 때 작가가 제 과거를 알고 있다는 걸 단박에 알아챘습니다. 저를 강간한 남자들을 분명하게 알아보았습니다. 다 죽여 버리고 싶었던 제 마음을 누군가가 글로 적어 놓은 것 같았습니다. 그렇게 하지 못한 저를 대신한 듯한 글이었습니다. 저는 경악을 금치 못했습니다. 그리고 공포에 사로잡혔습니다.

출판사의 모두가—베아트리스 씨조차—작품과 문체를 검토해 보고 출간 의견을 냈습니다. 저는 어쩔 수 없이 그 원고를 출간해야만 했습니다. 작가는 아직도 나타나지 않았습니다. 또 아시다시피 기억을 잃은 부분을 찾는 것도, 이해하는 것도 포기했습니다. 운명이 가는 대로 내버려 둔 저는 결국 오늘 이곳, 인생의 전부라 할 수 있는 이 방에서 저의 모든 이야기를 털어놓게 되었습니다. 제 여정은 여기서 끝납니다. 흔한 말로, 그럴 운명이었나 봅니다.

루거 권총은 아버지가 루앙으로 오면서 팔아 없앴습니다. 《설탕 꽃들》에서 범행에 사용된 무기와 비슷한 모델입니다. 혹시 그 권총이 루앙 밖으로 나가지 않았다면 25년 후에 다시 모습을 드러낸 것과 같은 물건일 수도 있습니다. 제가 언젠가 손에 쥐었던 바로 그 권총 말입니다.

탕슈 경위는 사건을 수사하면서 그로부터 또 다른 사건을 발견하셨을 겁니다. 저는 오래전부터 누군가가 저를 자유롭게 해 주기를, 또는 해방시켜 주기를 기다렸던 것 같습니다.

이제 제 삶의 전부이자 오래전부터 저를 사랑하고 제가 사랑하는, 이런 제 과거를 모르는 남자, 저의 남편 에두아르에게 제 이야기를 하고 싶습니다. 그 사람에게 가게 해 주세요. 이 혼란스러움을 그와 함께 감내하도록 해 주세요.

그러나 그전에 여러분께서 이 글부터 읽어 주시기 바랍니다.
마리, 저도 당신의 글을 읽을 것입니다.
경위님과 스탱도 마찬가지로 제 이야기를 읽게 되겠지요.

이야기가 모두에게 읽히고,

검토 위원회가 끝나면.

이후엔 에두아르와 저만의 시간이 될 것입니다.

비올렌 르파주

제 이름은 마리 카사르이고, 파비엔 르파주와는 연인 사이였습니다. 파비엔은 제 일생의 사랑이었습니다. 고등학교에서 만난 우리는 서로를 좋아한다는 사실을 알았고, 이후로 한시도 떨어진 적이 없었습니다. 파비엔은 1년 전 스스로 생을 마감했습니다. 그녀의 부모님은 몇 개월 앞서 자동차 사고로 돌아가셨습니다. 파비엔은 자신이 부모님으로 알았던 분들이 실은 조부모였으며, 그분들의 진짜 딸이 있었다는 사실을 알게 되었습니다. 그 딸은 바로 엘렌 르파주입니다. 부모님은 이 사실에 대해 한 번도 언급하신 적이 없었다고 합니다.

파비엔은 부모님의 사망 신고를 하면서 가족의 발자취를 기록한 수첩을 열어 보고 사건의 전말을 알게 되었습니다. 처음에는 파비엔의 언니가 있는 줄만 알았습니다. 그러다 어머니의 일기를 발견하게 되었습니다. 우리는 날짜를 역으로 거슬러 올라가며 주말 내내 일기를 읽다가 25년 전에 일어난 일까지 알게 되었습니다. 파비엔은 거기에 등장하는 모든 이름과 사건을 메모했습니다.

나이트클럽에 갔던 엘렌은 부르크빌의 몇몇 유지의 아들들을 만났는데, 그들은 술을 마셨거나 마약을 한 상태였고 그녀를 숲으로 데려가서 돌아가며 차례로 강간했습니다.

엘렌은 집으로 돌아와서 입을 꾹 닫아 버렸습니다. 그러던 어느 날 아버지는 엘렌이 지하실에서 부르크빌을 점령했던 독일군 SS 부대가 남기고 간 권총을 들고 있는 걸 목격했습니다. 엘렌이 극단적인 선택을 시도하려고 했던 것입니다. 아버지는 엘렌을 저지했고 그녀는 강간당한 일과 임신 사실, 법적으로 낙태 가능한 기간이 지났다는 것까지 모두 털어놓았습니다. 이번에는 아버지가 총을 들었습니다. 아버지는 부르크빌 시장이 사는 집을 찾아갔지만 그 아들은 범행을 부인했고 시장은 아무 증거가 없지 않느냐며 외려 협박했습니다. 공증인의 집에 가서도 같은 말뿐이었습니다. 토르의 사장은 그를 밖으로 밀어 내쳤고, 피에르 라카즈의 아버지도 마찬가지였습니다.

집으로 돌아온 아버지는 온 마을과 척을 지게 되었다는 사실을 깨달았습니다. 예전처럼 지내는 건 더 이상 불가능했기에 그들은 루앙으로 이사를 가기로 마음먹었습니다.

그 사이 어머니와 엘렌은 여자들끼리 이야기를 나누었습니다. 어머니는 엘렌에게 임신 기간 동안 집에 머무르자는 제안을 했습니다. 루앙으로 옮겨 갈 때까지 외부 사람들의 눈에 띄지 말자고, 어머니는 딸이 집에서 출산하도록 하고 아이를 자기 자식으로 올리기로 마음먹었습니다.

엘렌은 그것을 받아들이는 조선으로 아이를 절대 보지 않을 것이고 부모님도 두 번 다시 보지 않겠다고 했습니다.

다음 아홉 달간의 일기는 특별할 게 없었지만, 엘렌이 줄곧 책을, 특히 소설 중에서도 프루스트를 주로 읽었다고 쓰여 있었습니다. 그녀가 부모에게 제멋대로 굴었다는 것도 알 수 있었습니다.

아버지는 결국 제과점을 팔게 되었고, 루앙에서 새 아파트와 가게를 찾아보기로 했습니다. 그들은 대대로 내려오던 농가를 팔고 아이가 태어나자마자 그곳을 떠났습니다. 이름은 파비엔으로 정했습니다. 아이가 병원에서 태어나지 않았기 때문에 서류상의 문제도 피할 수 있었습니다.

엘렌은 가족을 떠나 루앙의 구시가지에 있는 작은 원룸을 하나 구했습니다. 그리고 다시는 가족을 만나지 않았습니다. 가끔 유모차에 아이를 태우고 가다가 길에서 마주치기라도 하면 엘렌은 고개를 돌려 버렸고 어느 날 완전히 자취를 감추었습니다.

엘렌의 흔적을 찾기 위해 몇 년에 걸친 어머니의 일기를 세세히 살펴보아야 했습니다. 일기에 따르면 어느 날 저녁 텔레비전의 문학 소개 방송에 그녀가 출연했는데 출판사의 편집자가 되었으며 이름이 비올렌 르파주였다고 쓰여 있었습니다.

파비엔은 주말 내내 취해 있었습니다. 그리고 월요일이 되자 정신을 차렸습니다. 이상하리만큼 차분해진 파비엔은 이 이야기를 책으로 쓰고 싶다고, 그녀의 친모를 성폭행한 남자 넷을 여성 화자가 한 명씩 차례로 죽이는 이야기를 쓰고 싶다고 했습니다. 일기에 언급된 SS의 루거 권총 한 발을 머리 한가운데에 맞고 무릎을 꿇은 자세로 죽일 것이라면서 말입니다. 이 글을 비올렌에게 보내면 그녀는 알아보리라고, 결코 빈손으로 친모를 만나지 않을 것이며 진실을 가져가리라고, 그리고 그 진실은 소설이어야만 한다고 했습니다. 또 소설의 제목은 할아버지가 잘 만들었던 설탕 조각품인 설탕 꽃들로 지을 거라고 했습니다.

파비엔은 남자들을 다시 찾아냈습니다. 인터넷 검색 덕분이었습니다. 공증인 아들은 면학해 가업을 이었고, 토르 사장 아들은 나이트클럽을 물려받았고, 시장 아들은 택시 운전사가 되었고, 피에르 라카즈는 요리사가 되어 로스앤젤레스로 떠난 상태였습니다. 파비엔은 제정신이 아니었지만 저는 상관하지 않았습니다.

어느 날 파비엔이 집필을 시작하겠다고 말했습니다. 그러고는 이

튼날 돌연 우리가 살던 아파트 창밖으로 몸을 던져 버렸습니다. 한 마디 말도, 편지도, 아무것도 남기지 않았습니다. 전원이 켜진 컴퓨터 모니터에는 설탕 꽃들이라는 제목만 적혀 있었습니다.

그녀를 땅에 묻던 날 그녀가 책 속에서 죽이고 싶어 했던 남자들이 신문 1면에 나왔습니다. 토르 사장과 공증인 아들이 무릎을 꿇어앉은 채로 머리에 총을 맞았다는 내용이었습니다. 파비엔이 상상했던 대로의 죽음이었습니다. 그 일이 일어난 게 1년 전입니다.

파비엔이 저승에서 저에게 보낸 신호라 해야 하는지도 모릅니다. 현실은 그녀가 쓰고자 했던 대로 흘러가고 있었습니다. 그래서 저는 이 책을 집필하기로 했습니다. 파비엔이 저와 함께 있어 주기를 바라면서. 이대로 그녀의 꿈과 일치하는 현실이 이어진다면 그녀가 비올렌에게 닿을 수 있을지도 모른다고 생각했습니다.

제 생각은 옳았습니다.
그 남자들은 모두 책에 나오는 대로 죽었습니다. 왜 그렇게 되었는지는 모릅니다.

책은 스스로의 삶을 살고 있었습니다.

어쩌면 모든 소설은 흑마술이 걸린 계약서일지도 모릅니다.

저는 논문을 마무리 짓기 위해 파리에 왔지만, 머릿속은 오로지 비올렌을 만나야 한다는 생각으로 가득 차 강박을 느낄 정도였습니다. 저는 《설탕 꽃들》을 집필하며 출판사 앞에 은신했습니다. 건물을 나오는 그녀를 처음으로 본 날 심장이 미친 듯이 뛰기 시작했고 사지가 마비된 것 같았습니다. 어느 날 저녁 비올렌의 뒤를 밟았습니다. 비올렌이 어떤 건물 현관에 멈추어 섰는데, 조그만 판지에 쓴 '익명의 알코올 중독자들'을 뜻하는 약호를 보았습니다. 저는 담배에 불을 붙이고 망설이는 듯 보이는 비올렌을 매우 가까이에서 황홀하게 지켜보았습니다. 마침 전날 밤 《설탕 꽃들》을 완성한 참이었으니 모든 게 들어맞았습니다. 저는 일부러 주저하는 척했습니다. 비올렌이 저에게 물었습니다. "저와 같은 곳에 가시려는 것 같은데. 맞나요?" 저는 그렇다고 했습니다. "어머, 그렇구나. 저는 안 들어가려고요. 마음을 바꿨어요." 저는 저도 마찬가지라고 말했습니다. 비올렌은 저에게 같이 좀 걷겠느냐고 물었습니다. 밤이 찾아오고 있었고 저는 비올렌의 옆에서 걸었습니다. 꿈만 같았습니다. 파비엔이 생각났습니다. 저는 비올렌에게 사랑하는 사람을 잃었는데 그 사람은 여자였다고 말했습니다. 그녀는 놀라지 않았습니다. 비올렌은 오랫동안 제 이야기를 들어주었습니다. 우리는 단둘이 계속 걸었습니다. 저는 문학 작품에 나타난 사물들에 관한 제 논문에 대해 이야기했습니다. 그 길이 끝날 무렵 모디아노를 마주쳤는데 비올렌은 자연스럽게 성을 빼고 이름으로 그를 불렀습니다. 우리는 출판사 앞까지 함께 갔습니다. 밤이 깊어 있었

습니다. 비올렌이 말했습니다. "보아하니 이제는 서로 익명이 아
닌 알코올 중독자들인데, 한잔할래요? 괜찮은 위스키가 있어요."

우리는 텅 빈 사무실에서 위스키를 마셨습니다. 어느 순간엔 그녀
가 저를 유혹하는 건가 싶기도 했지만 그건 아니었습니다. 그녀는
스핑크스 같은 분위기를 풍기며 초록색 눈으로 저를 관찰하고 있
었습니다. 비현실적인 시간이었습니다. 저는 여정이 끝에 다다랐
다는 느낌이 들었습니다. 비올렌은 담배에 불을 붙이고 연기를 뿜
어내며 물었습니다. "원고 검토부가 뭔지 알아요?"

그녀는 자신의 정신 분석 상담사인 피에르 스탱의 명함도 주었습
니다. 여자 친구를 잃은 저에게 도움이 될 수 있을 거라면서. 그녀
는 믿을 수 없을 정도로 친절했습니다. 모두가 그녀를 어렵고 계산
적이라고 말하지만 그렇지 않습니다. 그녀는 제가 만난 사람 중에
가장 섬세한 여성입니다. 저는 그녀를 좋아합니다. 그녀가 제 언니
이고, 친구이고, 애인이고, 어머니이면 좋겠습니다. 다음 날 비올
렌은 저를 불러 원고 몇 편을 맡겼고, 그리하여 저는 원고 검토부
의 플뢰르를 대신하는 자리에 들어오게 되었습니다.

피에르 스탱은 《설탕 꽃들》을 맨 처음 읽은 사람입니다. 저는 그에
게 모든 이야기를 털어놓았습니다. 그는 비올렌이 이 글을 읽어야
한다는 생각을 지지해 주었습니다. 이 원고를 출판사에 보내서 제

가 직접 평가를 하는 작은 꼼수를 부린 것도 피에르 스탱의 아이디어였습니다. 그다음은 운명에 맡기기로 했습니다. 그리고 나서 베아트리스 씨가 찬성표를 던졌고, 검토 위원회도 마찬가지였습니다. 일은 걷잡을 수 없이 커졌습니다. 우리는 카미유 데장크르라는 가상의 인물을 지어냈습니다. 연락처는 이메일 하나만 남겼습니다. 런던에서 계약서에 사인을 보내온 사람은 회의차 그곳에 갔던 스탱이었습니다. 이메일에 답장을 쓰는 일은 스탱이 할 때도 있고 제가 할 때도 있었습니다. 그러다 공쿠르상이 쏘아 올린 광기가 책을 잠식하고 말았습니다.

카미유 데장크르는 존재하지 않습니다. 그는 파비엔이자 제 자신이고, 스탱이자 비올렌입니다.

마리 카사르

낮 12시 8분 공쿠르상은 브뤼노 타르디에의《우리의 텅 빈 유년 시절》에게 돌아갔다.《설탕 꽃들》은 10차 투표에서 우승작에 두 표 뒤졌다.

에두아르와 비올렌은 밤이 깊도록 이야기를 하다가 사랑을 나누었다. 비올렌은 두 몸이 하나가 될 것처럼 에두아르를 꽉 끌어안았다. 에두아르의 귓가에 그녀의 숨소리가 들렸다. "아무 말 하지 마. 당신이 무슨 생각하는지 알아." 그가 속삭였다. "'날 떠나게 두지 마' 하고 생각하는 거잖아. 걱정 마. 절대로 떠나게 놔두지 않을 거니까." 그는 그녀를 더욱 세게 껴안으며 목덜미에 입술을 파묻고 머리카락과 피부의 향기를 들이마셨다. 그러면서 생각했다. 이제 그녀 없이는 살 수 없을 거라고. 그녀를 지금처럼 사랑한 적이 없었다고. 원고 검토부 책임자 비올렌 르파주 없이는 그의 삶은 존재하지 않을 거라고. 모든 비밀을 알게 된 그녀 없이는……

그날 저녁 르 루이 19세 레스토랑에서 비올렌을 숲으로 데려갔던 네 남자 중 마지막 남은 피에르 라카즈에게 심근 경색의 전조 증상이 덮쳐 오고 있었다. 왼팔을 찌르는 듯한 고통에 식은 땀이 비 오듯 흘렀고 가슴이 안쪽에서부터 찢어지는 것 같았다. 그는 조리실 화구와 열두 명의 직원을 뒤로하고 서둘러 사무실로 올라가 니트로글리세린 스프레이를 찾고 구급차를 부르려고 한 모양이었다. 하지만 미처 약을 쓰고 전화를 걸기도 전에 정신을 잃은 것으로 추정되었다. 그는 벽에 걸린 로스앤젤레스 야경이 있는 대형 포스터 앞에서 무릎을 꿇고 고개를 푹 숙인 자세로 발견되었다.

　　"대도시를 마주하고 꿇어앉은 그의 영혼은 강물처럼 흐르는 자동차들의 붉은색과 노란색 물결에 휩쓸려 갔을 것이다. 그리고 빨려 들어가 사라졌을 것이다.
　　복수의 시간이 끝나고 모든 빚을 돌려받았기 때문이다.

　　이제 우리의 사랑이 축복 속에서 시작될 것이다."

　　《설탕 꽃들》은 이렇게 끝을 맺었다.

- 끝

익명 소설

1판 1쇄 인쇄	2023년 4월 6일
1판 1쇄 발행	2023년 4월 27일
지은이	앙투안 로랭
옮긴이	김정은
발행인	황민호
본부장	박정훈
책임편집	강경양
기획편집	김순란 김사라
마케팅	조안나 이유진 이나경
국제판권	이주은 한진아
제작	최택순
발행처	대원씨아이㈜
주소	서울특별시 용산구 한강대로15길 9-12
전화	(02)2071-2094
팩스	(02)749-2105
등록	제3-563호
등록일자	1992년 5월 11일
ISBN	979-11-7062-117-1 03860